Nicole Semenko

R.L.Stine
Fear Street · Ausgelöscht

FEAR STREET

R.L.Stine

Ausgelöscht

Denn Erinnerung kann töten …

Aus dem Amerikanischen übersetzt
von Sabine Tandetzke

*Der Umwelt zuliebe ist dieses Buch
auf chlorfrei gebleichtem Papier gedruckt.*

ISBN 978-3-7855-5996-3
1. Auflage 2007
Titel der Originalausgabe: *The Face*
Copyright © 1996 Parachute Press, Inc.
Alle Rechte vorbehalten inklusive des Rechts zur vollständigen
oder teilweisen Wiedergabe in jedweder Form.
Veröffentlicht mit Genehmigung von Simon Pulse,
einem Imprint von Simon & Schuster Children's Publishing Division.
Fear Street ist ein Warenzeichen von Parachute Press.
© für die deutsche Ausgabe 2007 Loewe Verlag GmbH, Bindlach
Aus dem Amerikanischen übersetzt von Sabine Tandetzke
Umschlagillustration: Silvia Christoph
Umschlaggestaltung: Pro Design, Klaus Kögler
Printed in Germany (007)

www.loewe-verlag.de

Prolog

In meinem Traum habe ich eine silberne Linie gezeichnet. Mein Skizzenblock war gegen eine weiße Wand gelehnt. Und als ich auf das Papier starrte, begann meine Hand, sich langsam und gleichmäßig zu bewegen. Die Linie, die ich zog, verlief quer über die ganze Seite.

Glänzendes, kaltes Silber.

Ich zeichnete eine weitere – und anschließend einen Kreis.

Dann riss ich das Blatt vom Skizzenblock, fuhr mit der Hand glättend über die Seite darunter und begann, die nächste silberne Linie zu ziehen.

Im Traum überlief mich ein Frösteln, als ich sah, wie sie sich über das Blatt spannte.

Mir wurde auf einmal schrecklich kalt.

Silber ist eine kalte Farbe.

Kalt wie Metall und grau wie der Winter.

Ich erinnere mich, dass ich dachte: „Was für ein verrückter Traum!"

Mir war bewusst, dass ich träumte, denn in Wirklichkeit hätte ich niemals mit einem so schimmernden Silber malen können.

Ich zeichnete einen weiteren Strich, dünn und gerade. Er schien das Blatt zu durchschneiden – und plötzlich drang Farbe daraus hervor.

Rote Farbe.

Ein dunkles Rot tropfte aus der Linie und verteilte sich feucht glänzend über das Blatt.

Das Papier schien zu bluten!

Ein Gefühl der Panik stieg in mir auf und wurde immer stärker. Und dann wachte ich schreiend auf.

Schweißbedeckt und mit hämmerndem Herzschlag fuhr ich hoch.

Warum hatte ich geschrien?

Es war doch nur ein Traum gewesen.

Ein harmloser Traum von einer silbernen Linie und roter Farbe.

Doch dahinter schien eine tödliche Bedrohung zu lauern.

Ein schreckliches Geheimnis.

1

Bei dem Unfall erlitt ich einen schweren Schock und verlor einen Teil meines Gedächtnisses.

Ein Stück meiner Vergangenheit war plötzlich verschwunden, und die Erinnerung hatte sich bis jetzt nicht wieder eingestellt.

An die Woche, in der es passierte, kann ich mich überhaupt nicht mehr erinnern, und auch die Zeit unmittelbar danach scheint in dunklen Nebel gehüllt zu sein. Es ist, als würde man ein schwaches Spiegelbild im trüben Wasser eines tiefen Teichs betrachten.

Jedes Mal, wenn ich versuche, genauer hinzuschauen, scheint sich das Wasser zu kräuseln, sodass ich die Gesichter der dunklen, verschwommenen Figuren nicht genau erkennen kann.

Was ist in dieser Woche geschehen? An diesem Tag?

Warum kann ich mich nicht an den Unfall erinnern?

Dr Sayles versucht, mich zu beruhigen. Er sagt, dass die Erinnerung irgendwann zurückkommen werde. Eines Tages würden die Ereignisse dieser Woche wieder klar und deutlich vor meinem geistigen Auge stehen.

Ständig rät er mir, nichts zu überstürzen. Manchmal habe ich fast das Gefühl, er *möchte* gar nicht, dass ich mein Gedächtnis wiederfinde.

Vielleicht ist die Erinnerung zu schrecklich, und vielleicht würde ich es gar nicht ertragen, wenn ich die Wahrheit wüsste.

Mag sein, dass ich so besser dran bin. Vielleicht sollte ich sogar dankbar sein für diese Gedächtnislücke.

Dr Sayles meint, ich solle einfach wieder ein ganz normales Leben führen. Und das versuche ich auch.

Aber meine Freunde haben sich verändert.

Manchmal ertappe ich Justine dabei, wie sie mich anstarrt – die hellblauen Augen nachdenklich zusammengekniffen. Als würde sie mich einer Prüfung unterziehen und versuchen, einen Blick in mein Gehirn zu werfen.

Adriana redet mir ständig gut zu, die Sache auf die leichte Schulter zu nehmen.

„Bleib ganz locker, Martha. Das wird schon wieder!" Als ob ich krank wäre oder irgendwie behindert.

Justine und Adriana scheinen schrecklich besorgt um mich zu sein und tauschen hinter meinem Rücken Blicke, die ich nicht bemerken soll. Ich werde das Gefühl nicht los, dass mich die beiden beobachten. Dass sie auf irgendetwas warten.

Aber worauf?

Dass ich plötzlich ausraste und mich aufführe wie eine Verrückte? Mir die Seele aus dem Leib schreie oder mich auf jemanden stürze?

Seit dem Unfall im letzten Herbst gehen mir oft merkwürdige Gedanken im Kopf herum.

Ich kann überhaupt nichts dagegen tun.

Zum Glück meint Dr Sayles, das sei völlig normal.

Übrigens – darf ich mich vorstellen? Martha Powell. Völlig normal. Wenigstens sehe ich so aus. Ich bin weder besonders groß noch besonders klein und habe eine durchschnittliche Figur. Genau wie die meisten anderen Mädchen im ersten Jahr auf der Highschool.

Wahrscheinlich wirke ich ein bisschen wie das nette Mädchen von nebenan. Auf jeden Fall eher wie Gwyneth Paltrow als wie irgendein gestylter Rockstar.

Ich habe sehr glatte, halblange blonde Haare, und meine

Wangen sind übersät mit hellbraunen Sommersprossen, durch die ich jünger wirke, als ich bin. Aber das Schönste an meinem Gesicht sind die großen, grünen Augen.

Man hat mir früher öfter gesagt, ich hätte ein nettes Lächeln. In letzter Zeit hat sich das allerdings kaum noch gezeigt.

Trotz meiner verrückten Gedanken und meiner Gedächtnislücken wirke ich wahrscheinlich ganz normal.

Ich bin vielleicht nicht so schön wie Adriana, die ein dunkler, exotischer Typ ist. Und ich hätte für mein Leben gern Justines rote Mähne, ihre vollen Lippen und ihre großen, hellblauen Augen.

Aber ich sehe auch ganz gut aus.

Wenigstens findet Aaron das.

Der gute, alte Aaron. Er war in den letzten Monaten so um mich besorgt und hat sich rührend um mich gekümmert.

Ich wüsste wirklich nicht, was ich ohne ihn gemacht hätte. Ich bin immer wieder froh, dass wir schon so lange zusammen sind.

Justine erinnert mich beinahe täglich daran, was ich für ein Glück habe. Obwohl sie eine meiner besten Freundinnen ist, gibt sie sich keine besondere Mühe, ihre Eifersucht zu verbergen.

„Aaron ist einfach *umwerfend!*", hat sie erst vor ein paar Tagen in den höchsten Tönen geschwärmt. „Sieh dir doch bloß mal diesen Körper an!"

„Justine, jetzt reicht's aber!", stöhnte ich genervt.

Wir saßen auf der Tribüne in der Sporthalle der Shadyside Highschool und sahen uns einen Ringkampf gegen Waynesbridge an. Aaron ist kein richtiger Profiringer. Er ist zwar groß und athletisch gebaut, aber er trainiert nicht so viel, wie er eigentlich sollte.

Sein Gegner war klein, schwer und ziemlich behaart. Irgendwie hatte er eine Menge Ähnlichkeit mit einem Bären. Gerade hatte er Aaron auf die Matte gelegt und hielt ihn mit festem Griff am Boden.

Aarons Gesicht lief hochrot an – er wirkte in dieser Lage nicht besonders glücklich.

Aufgeregt raufte sich Justine mit beiden Händen ihre dichten, roten Haare. Ihr Gesicht wirkte so angespannt, als würde sie dort unten gemeinsam mit Aaron kämpfen.

Dem war es jetzt doch noch gelungen, sich aus dem Schwitzkasten seines Gegners zu befreien. Mit einer schnellen Bewegung riss er den behaarten Kerl zu Boden. Beide hatten rote Gesichter und gaben vor Anstrengung grunzende Laute von sich. Aaron schaffte es, sein Gegenüber mit beiden Schultern auf die Matte zu drücken. Dann sprang er triumphierend auf die Füße.

„Wow!", schrie Justine und klatschte wie wild. „Wow! Gut gemacht, Aaron!"

Aaron stand keuchend da. Sogar von der Tribüne aus konnte man sehen, dass ihm der Schweiß in Strömen über die Stirn lief und sein braunes Haar verklebte.

Nach ein paar Sekunden reichte er seinem Gegner die Hand und zog ihn von der Matte hoch. Dann hob er den Kopf und warf mir ein Lächeln zu.

Jedenfalls *dachte* ich, er hätte mich angelächelt.

Aber Justine winkte ihm so strahlend zu, als hätte er sie damit gemeint.

Na ja, wenigstens geht sie mit ihrer Schwäche für Aaron offen um und versucht gar nicht erst zu verbergen, wie sehr er ihr gefällt.

Obwohl er mein Freund ist, flirtet sie bei jeder Gelegenheit mit ihm. Aaron lässt sich manchmal auf das Spielchen ein. Ihr wisst schon – er albert mit ihr herum und so.

Aber ich glaube nicht, dass er ihre Schwärmerei besonders ernst nimmt.

Wie ich schon sagte, er hat tatsächlich die ganze Zeit, in der es mir so schlecht ging, zu mir gehalten und sich einfach wunderbar benommen. Genau wie meine anderen guten Freunde auch.

Wenn sie bloß nicht ständig auf Zehenspitzen um mich herumschleichen und jedes Wort auf die Goldwaage legen würden!

Ich weiß genau, welcher Gedanke ihnen ständig im Kopf herumgeht, wenn sie mit mir zusammen sind.

Sie fragen sich ununterbrochen, ob ich mein Gedächtnis schon wiedergefunden habe.

Aber sie trauen sich nicht, es offen auszusprechen.

Keiner von ihnen will über diese Woche im letzten November reden. Oder über den Unfall. Zumindest meiden sie das Thema, wenn ich dabei bin.

Wer weiß, vielleicht möchten sie ja auch lieber alles vergessen.

Vielleicht glauben meine Freunde, ich wäre besser dran als sie, weil sie selbst gerne ihre Erinnerungen los wären.

Ich finde allerdings nicht, dass ich es leichter habe. All die Fragen, auf die ich keine Antwort finde, machen mich noch ganz verrückt.

Was ist damals Schreckliches geschehen?

Und warum habe ausgerechnet *ich* einen Schock bekommen?

2

Als ich mich an Aarons Schulter schmiegte, stieg mir der Duft seines Aftershaves in die Nase – kühl und herb. Ich mochte diesen Geruch sehr.

Dabei hatte ich ihn ausgelacht, als er das Zeug das erste Mal benutzt hatte. Er rasierte sich nämlich nur zweimal die Woche, klatschte sich aber jeden Tag Aftershave ins Gesicht.

Doch nach einer Weile begann es mir zu gefallen.

Ich hob meinen Kopf und küsste ihn.

Aaron und ich saßen auf der grünen Ledercouch im Wohnzimmer seiner Eltern und nutzten die günstige Gelegenheit. Sein kleiner Bruder Jake war nämlich gerade mit einem neuen Computerspiel beschäftigt. Wenn er uns beim Knutschen erwischte, würde er wahrscheinlich wieder das ganze Haus zusammenschreien. Er ist ein echter Satansbraten.

Im Fernsehen lief einer dieser *Lethal Weapon*-Filme. Ich stehe total auf Mel Gibson und finde, dass Aaron ihm ein bisschen ähnlich sieht. Jedenfalls hat er das gleiche wellige, braune Haar und genauso strahlende, blaue Augen.

Aber wir achteten nicht besonders auf den Film, weil Aaron die Arme um mich gelegt hatte und wir uns leidenschaftlich küssten, bevor Jake das nächste Mal hereinplatzen konnte.

Als ich nach einer Weile wieder zum Bildschirm blickte, fiel mir eine dunkelhaarige Schauspielerin auf, die große Ähnlichkeit mit Adriana hatte.

„Irgendwas stimmt nicht mit Adriana", vertraute ich Aaron an.

Aber der knurrte nur unwillig und zog mich wieder an sich.

Im nächsten Moment hörte ich Schritte hinter uns.

„Jake – bist du das?", rief Aaron und blickte über die Schulter zur Wohnzimmertür.

Aus dem Flur ertönte lautes Gekicher. Jake ist ein echter Witzbold.

„Hau ab!", befahl ihm Aaron.

„Fang mich doch!", antwortete Jake provozierend.

„Okay. Na warte!" Aaron sprang von der Couch auf und stürmte zur Tür. Wieder ertönte das nervtötende Kichern. Und dann hörte ich Jakes schnelle Schritte, als er davonrannte.

„Aaron hat Martha geküsst! Aaron hat Martha geküsst!", rief er dabei in einem monotonen Singsang.

Kopfschüttelnd ließ Aaron sich wieder neben mir auf die Couch fallen. Im Fernsehen sprengte gerade eine gewaltige Explosion ein Gebäude in die Luft.

Aaron griff sich eine Handvoll Chips aus der Schüssel, die auf dem Tischchen neben dem Sofa stand. Dann reichte er sie mir, aber ich winkte ab.

„Adriana ist so dünn geworden", nahm ich den Faden wieder auf. „Ich mache mir wirklich Sorgen um sie."

„Ja. Ist mir auch schon aufgefallen", antwortete Aaron mit vollem Mund.

Ich seufzte. „Irgendwie habe ich das Gefühl, dass dieser Unfall ihr mehr zu schaffen macht als euch anderen."

Aaron kaute vor sich hin und hielt den Blick fest auf den Bildschirm gerichtet. Er mochte es überhaupt nicht, wenn ich den Unfall zur Sprache brachte.

„Sie hat furchtbar viel Gewicht verloren", begann ich wieder. „Und sind dir schon mal die dunklen Ringe unter ihren Augen aufgefallen?"

„Die hatte sie schon immer", versetzte Aaron kurz angebunden und griff wieder nach den Chips.

„Stimmt doch gar nicht", widersprach ich. „Immerhin ist
sie zum Arzt gegangen, weil sie nachts nicht mehr schlafen kann."

„Wahrscheinlich hat sie sich zu viel auf Partys rumge-
trieben", witzelte Aaron.

Ich versetzte ihm einen Stoß gegen die Schulter. „Blöd-
mann!"

Er zuckte nur mit den Achseln und starrte weiter Mel
Gibson an.

Das war typisch Aaron. So reagierte er immer, wenn ich
etwas Ernstes mit ihm besprechen wollte. Sobald es um
den Unfall ging, machte er einen Witz oder redete von etwas anderem.

Er weigerte sich einfach, darüber zu diskutieren. Bei diesem Thema fühlte er sich so unbehaglich, dass sich sein
ganzer Körper verspannte.

Sein Verhalten nervte mich wahnsinnig. Ich wollte *unbedingt* darüber reden. Es war wichtig für mich!

Und außerdem machte ich mir wirklich Sorgen um
Adriana.

„Ihre Noten haben in letzter Zeit auch ziemlich gelitten",
fuhr ich fort. „In diesem Schuljahr hat sie noch keine einzige Auszeichnung für besondere Leistungen bekommen."

Statt einer Antwort grunzte Aaron nur undeutlich.

„Du weißt doch, wie perfekt Adriana sonst in allem ist",
erinnerte ich ihn. „Und wie ehrgeizig. Sie hat sich immer
Mühe gegeben, in jedem Fach hervorragend abzuschnei-
den. Es muss irgendwas passiert sein, was sie total aus der
Bahn geworfen hat. Sie hat ein C in Spanisch bekommen.
Eine völlig mittelmäßige Note! Kannst du dir das vorstellen? Das war doch immer ihr leichtester Kurs!"

Aaron schüttelte etwas abwesend den Kopf. „Wahrscheinlich ist sie nur ein bisschen durcheinander oder so", murmelte er und legte seinen Arm ganz fest um meine Schulter.

Ich kuschelte mich an ihn und dachte an Adriana. Als ich Aaron küsste, schmeckten seine Lippen nach Chips.

Schließlich war der Film zu Ende, und der Abspann lief über den Bildschirm.

„Hast du mal mit ihr gesprochen?", fragte Aaron plötzlich.

„Mit wem?" Im ersten Moment wusste ich nicht, was er meinte.

„Mit Adriana. Weil sie abgenommen hat und so."

Ich seufzte. „Du kennst sie doch", sagte ich und drückte Aarons Hand. „Ich hab's natürlich versucht. Aber sie weigert sich, darüber zu reden. Sie will ihre Probleme offenbar nicht mit mir diskutieren."

Aaron runzelte die Stirn. „Ich dachte, ihr beiden wärt die dicksten Freundinnen."

„Sind wir ja auch, aber Adriana spricht nun mal nicht gerne über sich. Stattdessen macht sie sich Sorgen um mich. Ständig versucht sie, mich aufzuheitern oder mir zu helfen. Wenn ich mit ihr über etwas Ernstes reden will, lenkt sie ab und sagt, dass alles schon wieder in Ordnung kommt."

Aaron nickte. Er griff nach den Chips, überlegte es sich dann aber doch anders. Plötzlich nahm sein gut aussehendes Gesicht einen ernsthaften Ausdruck an. Er fixierte mich mit seinen blauen Augen. „Sie hat recht. Es *wird* in Ordnung kommen", versicherte er mir mit sanfter Stimme.

Ich nickte.

Das erzählten mir meine Freunde auch dauernd.

Als wir uns wieder küssten, stellte ich fest, dass Aarons

Lippen immer noch salzig schmeckten. Trotzdem war es wunderbar – von mir aus hätte es ewig dauern können.

Aber da hörten wir hinter uns ein hämisches Kichern.

„Das erzähl ich Mom und Dad!", rief Jake schadenfroh.

Aaron sprang auf, um ihn erneut davonzujagen.

Ich hörte ihr Lachen und Rufen, als sie durch den Flur stürmten.

Seufzend lehnte ich mich gegen die Sofakissen, schloss die Augen und dachte über Adriana nach.

Justine und Aaron waren nach dem Unfall schnell wieder zum Alltag zurückgekehrt. Weshalb hatte Adriana damit so viel größere Schwierigkeiten?

Warum hatte dieser Abend im November mehr Einfluss auf sie gehabt als auf die anderen?

Natürlich konnte ich diese Frage nicht beantworten. Denn mir fehlte immer noch die Erinnerung an das, was passiert war.

Aber ich war entschlossen, alles herauszufinden.

In diesem Moment konnte ich nicht ahnen, dass noch einige böse Überraschungen auf mich warteten.

Nur einen Tag später versuchte Adrianas Bruder, mich umzubringen.

3

Ivan Petrakis, Adrianas älterer Bruder, sieht seiner Schwester so ähnlich, dass es schon beinahe unheimlich ist.

Beide besitzen eine Fülle schwarzer, lockiger Haare. Beide sind groß, schlank und anmutig. Und beide haben sanfte, braune Augen unter dichten, schwarzen Augenbrauen. Ihre Gesichter wirken geheimnisvoll und dramatisch und fallen auf allen Klassenfotos sofort auf.

Ivan hat sich in diesem Jahr einen neuen Look zugelegt. Er trägt mehrere silberne Ringe im linken Ohr und hat sich nicht nur Koteletten, sondern auch ein schmales, schwarzes Bärtchen unter dem Kinn wachsen lassen, was seine Eltern ganz schön auf die Palme bringt.

Meistens trägt er schwarze Jeans und schwarze T-Shirts, in denen er cool und ein bisschen gefährlich wirkt. Jedenfalls sieht er seinen Altersgenossen aus North Hills, einer der wohlhabendsten Gegenden in Shadyside, nicht besonders ähnlich.

In letzter Zeit war Ivan häufiger in Schwierigkeiten geraten. Zumindest hatte ich dieses Gerücht von ein paar Typen gehört, mit denen er früher oft zusammen war. Sie sagten, er sei ziemlich komisch drauf. Würde auf Partys eine Menge trinken und neuerdings mit einigen Leuten aus Waynesbridge rumhängen, die keinen besonders guten Ruf hätten.

Ich hatte Ivan schon immer gemocht. Ehrlich gesagt, war ich früher sogar heimlich in ihn verliebt gewesen, und ich bin mir nicht ganz sicher, ob ich meine Schwäche für ihn jemals ganz überwunden habe.

Als ich ihm nach der Schule im Einkaufszentrum in der Division Street über den Weg lief, freute ich mich jedenfalls, ihn zu sehen. „Hey – Ivan!", rief ich in voller Lautstärke und stürmte quer über den Parkplatz auf ihn zu. „Wie geht's denn so?"

Ivan tat so, als wäre er über mein Auftauchen völlig überrascht. Er warf mit einer übertriebenen Geste die Hände in die Luft und fiel fast um vor Erstaunen. „Martha. Hey! Hast du zufällig was zu futtern gekauft? Vielleicht ein *Snickers*? Ein *Milky Way* würde es auch tun. Ich bin nämlich noch nicht dazu gekommen, zu Mittag zu essen."

Ich zeigte mit den Einkaufstaschen, die ich in der Hand hielt, auf den Laden hinter mir. „Ich fürchte, ich muss dich enttäuschen. Ich hab nur ein paar Sachen besorgt, die ich zum Malen brauche."

Er stöhnte. „Du kritzelst also immer noch vor dich hin?"

„Hey!" Ich stieß einen empörten Schrei aus. „Ich nehme das Zeichnen verdammt ernst, Ivan! Das ist kein Gekritzel!"

Er schien meine Reaktion unheimlich komisch zu finden, denn er brach in wieherndes Gelächter aus. Es war ein merkwürdiges, abgehacktes Meckern, das seine schmalen Schultern in heftiges Zucken versetzte.

„Na, was macht die hohe Kunst denn so, Martha?", zog er mich weiter auf.

„Halt die Klappe!", antwortete ich kurz angebunden.

Er lachte noch einmal johlend und kratzte sich dann das Büschel schwarzer Barthaare unter seinem Kinn. „Soll ich dich nach Hause fahren?", fragte er plötzlich. Offenbar hatte er sich entschlossen, mir ein Friedensangebot zu machen.

„Ja, gerne." Ich war froh, nicht mit dem Bus fahren zu müssen, und folgte Ivan zu seinem roten Honda. Dabei fiel mir sein merkwürdiger, gestelzter Gang auf, mit dem er wirkte wie ein großer, eingebildeter Vogel.

Ein Scheinwerfer seines Wagens war eingedrückt, und die Stoßstange war völlig verbeult. „Was ist passiert, Ivan? Hattest du einen Unfall?", fragte ich erschrocken.

Aber er zuckte nur mit den Achseln und murmelte etwas völlig Unverständliches. Dann riss er hastig die Fahrertür auf und quetschte seinen langen sportlichen Körper in das kleine Auto.

Ich warf meine Tüten auf die Rückbank und ließ mich auf den Beifahrersitz fallen. Im Wagen roch es durchdringend nach kaltem Zigarettenrauch, und überall auf dem Boden lag Bonbonpapier.

„Das ist eine gute Gelegenheit, um mit ihm über Adriana zu sprechen", dachte ich, als Ivan rückwärts aus der Parklücke setzte. „Vielleicht hat er ja eine Idee, wie man ihr helfen kann."

Ivan lenkte den Wagen zur Ausfahrt und bog dann in die Division Street ein. „Hast du manchmal auch Lust, einfach abzuhauen?", fragte er plötzlich.

„Was?" Ich fuhr herum und starrte ihn an.

„Ob du manchmal auch Lust hast, einfach draufloszufahren", wiederholte er und warf mir einen eindringlichen Blick aus seinen braunen Augen zu. „Nie mehr zurückkommen. Einfach immer geradeaus fahren, bis es nicht mehr weitergeht."

Ich stieß ein kurzes, unsicheres Lachen aus. „Das meinst du doch nicht ernst, nicht wahr?"

Aber sein Gesichtsausdruck veränderte sich nicht.

„Du willst doch nicht wirklich abhauen, oder?", bedrängte ich ihn und spürte, wie sich mein Magen zusammenzog.

Abrupt drehte er sich weg und blickte wieder durch die Windschutzscheibe. „Vergiss es", murmelte er.

Im nächsten Moment musste er eine Vollbremsung machen, um nicht über eine rote Ampel zu rasen. Mit quietschenden Reifen kamen wir mitten auf dem Fußgängerüberweg zum Stehen, und das Auto hinter uns hupte wie verrückt.

„Ich hab bloß Spaß gemacht", fuhr er mich an und klatschte nervös mit beiden Händen auf das Lenkrad.

„Wie geht's Adriana?", erkundigte ich mich. Ich hielt es für besser, das Thema zu wechseln, denn Ivan schien ziemlich angespannt und erregt zu sein. „Schläft sie inzwischen wieder besser?"

Die Ampel wechselte auf Grün. Ivan trat kräftig aufs Gaspedal, und der Wagen schoss mit quietschenden Reifen los. „Keine Ahnung. Frag sie doch selbst."

Er klang richtig verbittert.

„Ich habe ein bisschen Angst um sie", gestand ich. „Sie hat mir erzählt, dass sie in letzter Zeit kaum noch schläft oder isst."

„Buu-huu. Mir kommen gleich die Tränen", erwiderte Ivan in zynischem Ton.

Ich warf ihm einen ärgerlichen Blick zu, aber er hatte die Augen auf die Straße gerichtet. Es war ungefähr halb fünf – die Zeit des dicksten Berufsverkehrs –, und in der Stadt war die Hölle los.

„Du bist doch ihr Bruder. Machst du dir denn ihretwegen gar keine Sorgen?" Ich war erschrocken über den schrillen Klang meiner Stimme.

Wieder zuckte er mit den Achseln. Mir fiel auf, dass er sich hauptsächlich mit seinen Schultern auszudrücken schien. „Mit Adriana ist alles in Ordnung", antwortete er mit leiser, ausdrucksloser Stimme. „Sie ist letzte Woche zu einer Ärztin gegangen. Die bringt ihr Selbsthypnose bei oder so was Ähnliches."

„Wie bitte?" In diesem Moment fuhr gerade ein Lastwagen dröhnend an uns vorbei, und ich war mir nicht sicher, ob ich ihn richtig verstanden hatte.

„Hast du etwa noch nie etwas davon gehört?", rief Ivan mit erhobener Stimme, um den Krach zu übertönen. „Sie macht irgendwelche Entspannungsübungen und hypnotisiert sich selbst. Damit sie besser schlafen kann."

„Wow!" Keine sehr intelligente Antwort, ich weiß. Aber mir fiel einfach nichts Besseres ein. „Kann denn da auch nichts passieren?", fragte ich schließlich.

Ivan schien mir überhaupt nicht zugehört zu haben. Wortlos bog er in den Park Drive ein.

Inzwischen hatte sich der Himmel verdunkelt, und es dämmerte bereits. Ich hasse den Februar! Am späten Nachmittag ist es schon so finster wie mitten in der Nacht.

„Adrianas Noten …", setzte ich noch einmal an.

Aber Ivan unterbrach mich mit lauter Stimme. „Es ist ja auch nicht leicht, bei mir zu Hause Schlaf zu finden, Martha!", rief er und schlug mit der flachen Hand aufs Lenkrad. „In letzter Zeit geht es bei uns drunter und drüber!"

Ich wusste, dass Ivans Eltern nicht besonders gut miteinander auskamen. Es ging sogar das Gerücht um, dass Mr Petrakis gedroht hatte auszuziehen.

„Ist es wegen deiner Eltern?", fragte ich vorsichtig. Eigentlich wollte ich da lieber nicht mit reingezogen werden. Die Eheprobleme der Petrakis waren nun wirklich nicht meine Sache.

„Bei uns herrscht der Kriegszustand", erklärte Ivan und schüttelte den Kopf. Sogar in dem schwachen Licht der Straßenbeleuchtung konnte ich seinen düsteren Blick und den verbitterten Ausdruck auf seinem Gesicht erkennen. Doch seine Verbitterung schien mit Furcht gemischt zu sein.

„Gestern Abend haben sie angefangen, sich mit Geschirr zu bewerfen", sagte er leise und hielt den Blick starr auf die Fahrbahn gerichtet.

„Oh nein", murmelte ich betroffen.

„Wie die Kleinkinder! Die Teller und Tassen flogen durch die ganze Küche. Überall auf dem Boden zerbrochenes Porzellan. Ich ... ich hab versucht, sie aufzuhalten. Es war so lächerlich. Ich ..." Ivan versagte die Stimme.

Ich stieß einen tiefen Seufzer aus. „Wie schrecklich", flüsterte ich. „Und was passierte dann?"

„Mom rannte laut heulend ins Schlafzimmer und kreischte dort wie eine Verrückte weiter. Dad stürmte aus dem Haus und knallte die Tür hinter sich zu. Ich glaube, er ist gestern Nacht gar nicht nach Hause gekommen. Jedenfalls habe ich ihn nicht gehört."

„Und wie geht's deiner Mom?", fragte ich und umklammerte unbehaglich den Türgriff.

Ivan schluckte hart. „Keine Ahnung. Ich hab sie die ganze Nacht schluchzen hören. Ihr Schlafzimmer liegt nämlich direkt neben meinem." Er senkte die Stimme, um zu vermeiden, dass sie wieder brach. „Pech für mich, was?"

Ich wusste nicht, was ich sagen sollte. Ivans Eltern lagen sich jetzt schon seit Monaten in den Haaren. Adriana erwähnte es fast täglich. Sie stritten und stritten, aber keiner von beiden zog aus.

Kein Wunder, dass Adriana und Ivan so nervös und überdreht waren.

Ich blickte durch die Scheibe auf dunkle Bäume und Häuser, die mit rasender Geschwindigkeit an uns vorbeisausten.

Ein Wirbel verschwommener, schwarzer Schatten, die sich von der noch tieferen Dunkelheit dahinter abhoben.

Erst jetzt merkte ich, dass Ivan viel zu schnell fuhr.

„Ivan, bitte …", begann ich.

In diesem Moment rasten wir über das Stoppschild am Canyon Drive, aber er schien es nicht einmal zu bemerken.

„Ivan – fahr langsamer!", brüllte ich voller Panik.

„Ich … ich halt's nicht mehr aus!", schrie Ivan mit sich überschlagender Stimme. In seinen Augen lag ein wilder Blick, und er umklammerte mit beiden Händen das Lenkrad. „Es ist zu viel, Martha! Ich kann nicht mehr!"

„Nein, Ivan! Nein!"

Ich schnappte vor Entsetzen nach Luft, als er einen lauten Schrei ausstieß und das Steuer mit voller Wucht herumriss.

„Ich halt's nicht mehr aus!" Seine voller Qual hervorgestoßenen Worte übertönten das röhrende Geräusch des Motors.

Der Wagen quietschte, und die Reifen drehten durch, als Ivan das Gaspedal bis zum Bodenblech durchdrückte.

Dann wirbelte er das Lenkrad herum, und das Auto raste in voller Fahrt quer über die Straße.

Dabei schrie Ivan die ganze Zeit wie ein Verrückter. Schrie den ganzen Schmerz heraus, der sich in ihm aufgestaut hatte.

Ich schlug entsetzt die Hände vor die Augen, als ein riesiger, dunkler Baumstamm im Licht der Scheinwerfer vor uns auftauchte.

Ivan hielt genau darauf zu.

Er versucht, uns umzubringen!

Das war mein letzter Gedanke.

4

„Oh!" Mein Kopf stieß mit voller Wucht gegen das Autodach, als wir über den Bordstein holperten. Eine Welle von Schmerz schoss durch meinen Körper.

Wieder und wieder sprang der Wagen in die Höhe.

Dann stand er plötzlich still.

Langsam und am ganzen Körper zitternd nahm ich die Hände von den Augen.

Ich rang mühsam nach Luft und versuchte, meinen hämmernden Herzschlag zu beruhigen. Dann betastete ich vorsichtig meinen Kopf, der von einem pochenden Schmerz erfüllt war.

„Ivan …"

„Oh, Martha! Es tut mir leid!", rief er aus.

„Wir leben", murmelte ich vor mich hin. Die Worte sprudelten einfach so aus mir heraus. Ich konnte überhaupt nicht klar denken. Alles schien in einen seltsamen Nebel gehüllt zu sein. Einen dunklen, undurchdringlichen Nebel.

„Wir leben, Ivan."

„Es tut mir so schrecklich leid." Ein Wimmern drang aus seiner Kehle.

Ohne dass es mir bewusst wurde, drehte ich mich um und nahm ihn in die Arme. Dabei spürte ich durch die schwere Lederjacke, wie sein schmaler Körper von heftigen Schluchzern geschüttelt wurde.

„Ich hab das Steuer im letzten Moment rumgerissen. Ich … ich konnte es einfach nicht tun. Ich hab's nicht fertiggebracht", stammelte er.

Ich hielt ihn ganz fest und presste meine Wange gegen

sein kaltes Gesicht. „Wir leben. Wir leben. Wir leben."
Wie unter einem geheimnisvollen Zwang konnte ich einfach nicht mehr aufhören, diese Worte immer wieder zu wiederholen.

„Ich wollte das nicht tun", murmelte Ivan mit zitternder Stimme. „Jedenfalls nicht wirklich. Du musst mir glauben!"

Ich spürte, dass er begann, sich zu beruhigen. Aber mir hing das Herz immer noch in den Kniekehlen.

„Ich bin wieder okay", sagte Ivan plötzlich abweisend und schob mich schroff von sich. „Mir geht's bestens, Martha. Wirklich."

Ich ließ mich in meinen Sitz zurückfallen und warf einen Blick aus dem Fenster. Wir standen mitten im Vorgarten eines fremden Hauses. Eine Lampe auf der Veranda tauchte die Eingangstür in warmes, gelbes Licht, aber das Gebäude lag im Dunkeln.

„Ivan, vielleicht solltest du jetzt lieber nicht mehr fahren", meinte ich vorsichtig.

„Keine Sorge. Ich fühle mich toll. Ganz bestimmt."

Ein harter, kalter Ausdruck erschien auf seinem gut aussehenden Gesicht, und er sah mich mit zusammengekniffenen Augen wie versteinert an. Es kam mir vor, als ob er mit Gewalt alle seine Gefühle verdrängte.

Er legte brutal den Rückwärtsgang ein, und dann holperten wir zurück auf die Straße.

Während Ivan mich nach Hause fuhr, verharrte sein Gesicht die ganze Zeit in dieser eisigen Starre, und er sprach kein einziges Wort mehr.

„Dein Bruder ist total durcheinander", sagte ich zu Adriana.

Es war ein grauer Samstagnachmittag, und wir saßen

oben in meinem Zimmer. Die dunklen, tief hängenden Wolken verhießen jede Menge Schnee.

Trotz der Kälte hatte ich das Fenster geöffnet, weil es in meinem Zimmer ziemlich stickig war. Die frische, kühle Luft tat mir gut. Eine kräftige Windbö ließ die Vorhänge flattern.

„Was?" Adriana hatte sich an meiner Frisierkommode niedergelassen und probierte Rouge, Lipgloss und all den anderen Kram aus einem Make-up-Set aus, das ich von meiner Mutter geschenkt bekommen hatte. „Dieser Ton macht mich zu blass, findest du nicht?"

Ich räumte meinen Schreibtisch frei und legte einen großen Zeichenblock darauf. Eigentlich hatte ich vorgehabt, an diesem Nachmittag einige Skizzen zu machen – vielleicht ein paar Selbstporträts. Adrianas Besuch war für mich total überraschend gekommen.

Sie schien sich zu langweilen und wirkte irgendwie unruhig.

Eine Zeit lang hatte ich mühsam versucht, das Gespräch in Gang zu halten, aber sie schien mir nur mit halbem Ohr zuzuhören. Ich fragte mich allmählich, warum sie eigentlich gekommen war. Aber irgendwie traute ich mich nicht, sie danach zu fragen.

„Ivan ist in keiner besonders guten Verfassung", versuchte ich es noch einmal. „Gestern Nachmittag …"

„Wem von uns geht's schon gut?", unterbrach mich Adriana mit bitterer Stimme. Sie nahm ein paar Kosmetiktücher und wischte sich mit ungeduldigen Bewegungen das Rouge von den Wangen. „Meine Haut ist zu dunkel. Bei mir wirkt es überhaupt nicht", seufzte sie dann.

Langsam drehte ich mich um und betrachtete ihr Gesicht im Spiegel. „Du siehst ziemlich müde aus", stellte ich fest.

„Ich kann nach wie vor nicht richtig schlafen." Adriana

schüttelte resigniert den Kopf und fing an, glänzenden Lipgloss auf ihren vollen Lippen zu verteilen. Eine leichte Brise, die durch das Fenster hereindrang, ließ ihre dunklen, lockigen Haare flattern.

„Ivan hat mir erzählt, dass du bei einer Ärztin warst", bemerkte ich beiläufig, denn Adriana mochte es nicht besonders, wenn man allzu sehr in ihrem Privatleben herumschnüffelte. Das galt auch für mich, obwohl ich eine ihrer besten Freundinnen war.

Es schien so, als ob sie sich für ihre familiären Probleme schämte. Die ständigen Streitereien ihrer Eltern empfand sie offenbar als furchtbar demütigend. Sie erzählte mir fast jeden Tag davon, aber ich hatte das Gefühl, es wäre ihr nicht recht, wenn ich genauer nachfragen würde. Also ließ ich es.

Adriana seufzte und betrachtete sich im Spiegel. „Sie heißt Dr Corben und versucht, mir Selbsthypnose beizubringen. Du weißt schon. Damit ich besser einschlafen kann und so. Manchmal klappt es ganz gut, aber nicht immer."

Sie gähnte, als sie sich den Lipgloss wieder abwischte. „Ich muss eben weiter üben."

Während Adriana nach der nächsten Tube griff, blätterte ich die leeren Seiten des Zeichenblocks durch, damit sie sich voneinander lösten. Dann zog ich die Schreibtischschublade auf und holte eine Handvoll Kohlestifte heraus.

„Könntest du mir vielleicht dein Geschichtsheft leihen?", fragte Adriana plötzlich und drehte sich um, damit sie mich direkt ansehen konnte.

„Wie bitte?" Es gelang mir nicht, meine Überraschung zu verbergen. „*Du* möchtest *mein* Heft?" Adriana war doch die Superschülerin – nicht ich. Bis jetzt hatte sie mich noch nie um irgendwelche Mitschriften gebeten.

Adriana wurde rot und wandte sich schnell ab. „Ich …

ich konnte mich im Unterricht nicht so gut konzentrieren. Na ja, ich war eben ziemlich müde und so. Ein paar Sachen habe ich nicht richtig mitgekriegt."

Das Ganze schien ihr furchtbar peinlich zu sein. Sie wirkte richtig bedrückt.

Hastig zog ich mein Geschichtsheft aus dem Rucksack und reichte es ihr. „Hier. Kein Problem."

„Hey, danke." Als Adriana aufstand, um zu gehen, trat ich hastig einen Schritt zurück. Sie ist nämlich ein ganzes Stück größer als ich, und ich fühle mich neben ihr immer wie eine Zehnjährige.

Während ich in Gedanken noch bei meinen Sorgen um Ivan war, begleitete ich sie zur Tür. Ich hatte die Hoffnung noch nicht aufgegeben, ihr erzählen zu können, dass ihr Bruder total fertig mit den Nerven war.

„Ivan hat mich gestern nach Hause gefahren", begann ich. „Adriana, ich glaube, er braucht dringend Hilfe. Er hat völlig die Kontrolle über sich verloren. Ich fürchte …"

Adriana wandte sich an der Tür noch einmal um. „Ach, komm schon, Martha. Du weißt doch genau, was das Problem meines Bruders ist." Sie verdrehte genervt die Augen.

„Was denn?" Ich blickte ihr forschend ins Gesicht, um herauszufinden, worauf sie anspielte.

„Sein Problem heißt Laura", erklärte Adriana.

„Du meinst …"

„Seitdem Laura mit ihm Schluss gemacht hat, benimmt Ivan sich wie ein Vollidiot. Manchmal würde ich ihm am liebsten eine knallen!" Um ihre Worte zu unterstreichen, ließ sie das Geschichtsheft schwungvoll durch die Luft sausen.

Ich dachte über Adrianas Worte nach.

Laura Winter ist eine unserer Freundinnen. Mit ihrem seidig glänzenden, schwarzen Haar, den schimmernden, rauchblauen Augen und ihren perfekt geformten Wangenknochen ist sie das schönste Mädchen der ganzen Highschool von Shadyside.

Laura ist so attraktiv, dass sie schon öfter als Fotomodell gejobbt hat. Alle an der Highschool sind davon überzeugt, dass sie eines Tages nach New York gehen und als Supermodel oder sogar als Schauspielerin arbeiten wird.

Ivan konnte zuerst gar nicht glauben, dass Laura bereit war, sich mit ihm zu verabreden. Wir übrigens auch nicht.

Als sie dann anfingen, miteinander zu gehen, wurde in der ganzen Highschool über nichts anderes gesprochen.

Ich hatte von Anfang an das Gefühl, dass Ivan diese Beziehung ernster nahm als Laura. Es schien ihm zu helfen, mit den hässlichen Streitereien seiner Eltern besser fertig zu werden.

Irgendwie hatte ich nie ganz verstanden, warum Laura sich entschlossen hatte, ausgerechnet mit Ivan zu gehen. Schließlich war jeder Junge an der Shadyside High scharf auf sie.

Wie es zu erwarten war, hatte sie ihn dann letzten Winter auf ziemlich coole Art und Weise abserviert. Das hatte jedenfalls Adriana berichtet.

In meiner Gegenwart hatte Ivan nie davon gesprochen.

„Ivan ist immer noch nicht darüber hinweg", sagte Adriana und presste mein Geschichtsheft gegen ihre Brust. „Obwohl es jetzt schon ein paar Monate her ist, kann er einfach nicht fassen, dass Laura nicht mehr verrückt nach ihm ist."

„Hat er sie denn zwischendurch nicht mal angerufen?", fragte ich ungläubig.

Adriana schüttelte den Kopf. „Wie kommst du denn auf *die* Idee? Er ist so von sich überzeugt, dass er anscheinend darauf wartet, dass *sie* sich bei *ihm* meldet!"

Adriana stieß ein merkwürdiges, hohles Lachen aus.

Ich stimmte nicht mit ein. Ivan hatte uns beide gestern beinahe umgebracht. Mir war nur allzu klar, dass seine Probleme nicht gerade lächerlich waren.

„Adriana, irgendwer sollte mal mit Ivan sprechen", beharrte ich.

Ihre braunen Augen blitzten auf. „Na, dann versuch du es doch!", erwiderte sie mit ärgerlicher Stimme. „Es ist nämlich unmöglich. Er lässt keinen an sich ran."

„Aber wir müssen wenigstens …", protestierte ich.

Ihr Gesichtsausdruck wurde etwas weicher. „Zerbrich dir seinetwegen nicht den Kopf, Martha. Ivan kann ganz gut auf sich selbst aufpassen. Du bist wirklich ein Schatz. Du machst dir immer mehr Sorgen um andere als um dich selbst."

Adriana umklammerte das Heft mit beiden Händen und blickte mir eindringlich in die Augen. „Wir wollen doch alle nur, dass es *dir* gut geht. Kümmer dich nicht um Ivan."

Sie drehte sich um und ging die Treppe hinunter.

Ich wollte ihr folgen. „Ich mache mir aber nun mal Sorgen um ihn, und ich glaube nicht, dass er selbst auf sich aufpassen kann. Du hast ja keine Ahnung, wie unglücklich er wirklich ist."

Das hätte ich am liebsten zu Adriana gesagt.

Stattdessen blieb ich mit einem tiefen Seufzer im Flur stehen. Adriana hatte offenbar keine Lust, mit mir über Ivan zu diskutieren. Sie wollte nicht, dass ich mich in ihr Familienleben einmischte.

Langsam ging ich zurück in mein Zimmer. Die tief hängenden Wolken vor dem Fenster hatten sich inzwischen dunkelgrau verfärbt, und der Wind ließ die Gardinen gegen die Wand flattern.

Mich fröstelte, als ich merkte, wie kalt es inzwischen

hier geworden war. Schnell schloss ich das Fenster und zog die Vorhänge wieder zurecht. Dann ging ich quer durch den Raum zu meinem Schreibtisch und setzte mich vor meinen neuen, unbenutzten Zeichenblock.

Ich hob das Deckblatt ab, klappte es nach hinten um und sah dann meinen Vorrat an Kohlestiften durch, bis ich einen mit besonders schmaler Spitze gefunden hatte.

Ein nagelneuer Zeichenblock hat für mich immer etwas Aufregendes. Es gefällt mir, wie er da so leer und unberührt vor mir liegt und nur darauf zu warten scheint, dass ich ihn mit Skizzen und Bildern fülle.

Ich bin zeichnerisch ziemlich begabt. Vor allem habe ich ein gutes Auge für Proportionen und einen sauberen Strich.

Deswegen habe ich auch zusätzliche Kunstkurse am staatlichen College in Waynesbridge belegt. Meine Lehrer sind der Meinung, dass mein Zeichentalent durchaus ausbaufähig ist.

Im Moment versuche ich gerade, eine Mappe zusammenzustellen, die überwiegend aus Porträts bestehen soll. Ich brauche sie, um mich für einen mehrwöchigen Kunstkurs im Sommer zu bewerben, der am College stattfindet und für den es immer eine Menge Bewerber gibt.

Ich rollte meinen Schreibtischstuhl beiseite und schob ihn an die Wand, weil ich am liebsten im Stehen zeichne.

Zuerst schloss ich die Augen und versuchte, ganz ruhig zu werden. Ich bemühte mich, alle Gedanken an Ivan und Adriana aus meinem Kopf zu verbannen und mich nur auf meinen Atem zu konzentrieren.

Nachdem ich mich völlig entspannt hatte, blickte ich hinunter auf den Zeichenblock – auf das unberührte, weiße Blatt. Hob den Stift. Und fing an zu skizzieren.

Ein Gesicht, beschloss ich. Ich würde mein Gesicht zeichnen.

Ich begann mit den Augen. Das machte ich immer so. Der Stift kratzte über die Oberfläche des Papiers.

Hey! Das waren ja gar nicht meine Augen!

Die Augen, die ich eben gezeichnet hatte, hatten eine eindeutig ovale Form, während meine zweifellos eher rund sind.

Ich beugte mich über den Tisch und blickte erstaunt auf das Blatt. Die Augen schienen mich anzustarren.

Als Nächstes malte ich die Pupillen. Dunkle Pupillen. Ernste Augen.

Ich ließ den Stift über den Block huschen und skizzierte den Umriss eines Kopfes. Die Grundform sozusagen.

Wie ich verwirrt feststellte, war das auch nicht mein Kopf.

Es war ein schmales Gesicht. Mit dunklen, ernsten Augen.

„Was ist denn das?", murmelte ich laut vor mich hin. „Wer bist du?"

Meine Hand bewegte sich jetzt noch schneller und fügte weitere Details hinzu.

Moment mal.

Was passierte denn da?

Die Spitze der Zeichenkohle glitt über das Papier. Sie schien sich von ganz alleine zu bewegen.

Völlig ohne meine Kontrolle.

Meine Hand huschte schnell und sicher über das Blatt. Mal neigte sie sich nach unten, dann hob sie sich wieder. Als würde sie von selbst arbeiten.

Ohne mein Zutun.

Wie von einer fremden Macht geführt, fuhr ich fort zu zeichnen. Und während ich voller Erstaunen und Furcht auf das Blatt starrte, ließ ich meine Hand das Porträt beenden.

Ich wusste, dass ich sie nicht aufhalten konnte.

5

Als ich das Porträt beendet hatte, ging mein Atem keuchend. Meine Hände waren verschwitzt und meine Finger völlig verkrampft.

Ich wusste nicht, wie viel Zeit vergangen war – nur, dass ich noch nie in meinem Leben so schnell gezeichnet hatte.

Beide Hände fest auf die Schreibtischplatte gepresst, beugte ich mich über den Block und blickte hinunter auf das Gesicht, das ich gezeichnet hatte.

Es war das Gesicht eines Jungen.

Aber es war niemand, den ich kannte.

Niemand, den ich schon mal irgendwo gesehen hatte.

Der Junge hatte wellige, schwarze Haare, und eine widerspenstige Strähne fiel ihm in die schmale Stirn.

Seine Augen waren dunkel und ernst. Sie schienen mich düster anzublicken. Düster und bedrückt.

Er hatte eine freche, kleine Stupsnase, die überhaupt nicht zu den traurigen Augen passte.

Ich senkte meinen Blick und stellte fest, dass ich ihn lächelnd gezeichnet hatte. Sein sympathisches Lächeln stand in einem seltsamen Widerspruch zu dem düsteren Blick. Er hatte schmale Lippen und eine Art Grübchen im Kinn.

„Wow", murmelte ich.

Ich überlegte krampfhaft, ob ich den Jungen schon mal irgendwo getroffen hatte.

Er kam mir überhaupt nicht bekannt vor.

Anscheinend hatte ich mir das Gesicht ausgedacht, und es gehörte gar nicht zu einer realen Person. Es war wohl nur ein Produkt meiner Fantasie.

Immer noch schwer atmend, studierte ich vorsichtig das Porträt, das vor mir lag. Nach wie vor spürte ich diese seltsame unsichtbare Kraft, die meine Hand offensichtlich geführt hatte.

Das Bild enthielt so viele Details, und das Gesicht wirkte absolut lebensecht. Wie die naturgetreue Abbildung eines *ganz bestimmten* Menschen.

Nachdenklich betrachtete ich die Haarsträhne, die wie zufällig über die Stirn fiel. Dann wanderten meine Augen tiefer. Auf der rechten Wange des Jungen befand sich ein rundes, dunkles Muttermal.

Ein Muttermal?

Bis jetzt hatte ich noch auf keinem meiner Porträts ein Muttermal gezeichnet. Weder bei solchen, die ich mir ausgedacht hatte, noch bei denen, für die mir jemand Modell gesessen hatte.

Noch nie!

„Was geht hier eigentlich vor?", fragte ich mich verwirrt.

Und dann blieb mein Blick an der linken Augenbraue der Porträtzeichnung hängen.

Eine winzige, weiße Narbe schien die Braue in zwei Hälften zu teilen.

Dieses Detail ließ mich nach Luft schnappen, weil es so lebensecht wirkte. Konnte die Narbe tatsächlich meiner Fantasie entsprungen sein?

Unmöglich war es nicht. Aber warum hatte ich dann bis jetzt noch nie etwas Ähnliches gezeichnet?

Ich beugte mich noch dichter über das Porträt. „Wer bist du?", fragte ich laut.

Die dunklen Augen des Jungen hüteten ihr Geheimnis. Und auch das Lächeln, das um seine schmalen Lippen spielte, verriet nichts.

Mit einem unterdrückten Schrei riss ich die Seite aus

dem Block, knüllte sie zu einer Kugel zusammen und warf sie in den Papierkorb neben meinem Schreibtisch.

Meine Hände fühlten sich immer noch kühl und feucht an. Mein Nacken kribbelte, und meine Kehle war wie zugeschnürt. Vor Furcht?

Ich wollte diese Skizze nicht in meiner Nähe haben, wollte das unbekannte Gesicht nicht mehr sehen.

Eigentlich hatte ich doch vorgehabt, ein Selbstporträt zu zeichnen – und genau das würde ich jetzt auch tun!

Als Erstes holte ich mir den kleinen, rechteckigen Kosmetikspiegel, der auf meiner Frisierkommode stand, an den Schreibtisch.

Dann wischte ich mir die feuchten Handflächen an meiner Jeans ab und suchte einen Kohlestift mit breiterer Spitze heraus. Nachdem ich mich aufmerksam im Spiegel betrachtet hatte, zupfte ich mir den Pony zurecht und wischte mir einen Kohlefleck von der Wange.

Ich beschloss, meine Sommersprossen nicht mitzuzeichnen, sondern einfach so zu tun, als existierten sie gar nicht. Stattdessen würde ich mir die glatte, cremefarbene Haut von Laura zum Vorbild nehmen.

Laura.

Für einen Moment war ich in Versuchung, sie anzurufen, weil ich sie gerne für meine Mappe skizziert hätte. Sie hatte mir auch früher schon Modell gesessen. Es war das reinste Vergnügen, ihre hohen, perfekt geschwungenen Wangenknochen zu zeichnen.

Doch dann fiel mir wieder ein, wie eitel Laura war. Nie war sie mit meinen Bildern zufrieden. Sie beschwerte sich jedes Mal, dass sie darauf wie ein hirnloses Dummchen aussehen würde. „Martha, warum wirke ich auf deinen Skizzen eigentlich immer, als wäre ich total eingebildet?", maulte sie nach unserer letzten Sitzung.

„Ich male nur, was ich sehe", zog ich sie auf.

Doch Laura fand meinen Scherz überhaupt nicht witzig. Sie nimmt sich selbst nämlich furchtbar ernst.

Aber wer weiß – wenn ich so schön wäre wie Laura, würde es mir vielleicht auch so gehen.

Jedes Mal, wenn sie mir Modell gesessen hatte, musste ich das Bild hinterher tausendmal überarbeiten und konnte es ihr trotzdem nie recht machen.

Doch nun wandte ich mich wieder meinem eigenen Gesicht zu. „Ich werde dich genauso gepflegt und elegant zeichnen wie Laura", sagte ich zu meinem Spiegelbild.

Dann beugte ich mich über den Block und begann zu arbeiten.

Ich fing mit den Augen an.

Nein. Moment mal.

Doch nicht *diese* Augen!

Meine Hand raste unkontrolliert über das Papier.

Der schmale Umriss des Gesichts entstand.

Die dunklen Augen. Das wellige Haar. Die Stupsnase.

„Oh nein!"

Ich zeichnete schon wieder diesen Jungen. Es waren dieselben Züge.

Mich überlief ein Frösteln. Ein eiskaltes Prickeln der Furcht, das langsam mein Rückgrat hinunterrieselte.

„Das gibt's doch einfach nicht!"

Ich riss die Seite aus dem Block, ohne das Porträt zu beenden. Weil ich mich nicht traute, das Blatt zu zerknüllen, ließ ich es einfach neben dem Schreibtisch zu Boden segeln.

Dann atmete ich tief durch. Ohne auf das Zittern meiner Hand zu achten, begann ich wieder zu zeichnen.

Dieses Mal hielt ich den Blick fest auf den Spiegel gerichtet und betrachtete mein Bild darin, während ich arbeitete. Ich war entschlossen, nun endlich ein Selbstporträt aufs Papier zu bringen.

Mein *eigenes* Gesicht. Nicht das des fremden Jungen.

Aber es war sinnlos. Meine Hand wollte mir einfach nicht gehorchen.

„Nein. Bitte nicht!" Ich stieß einen entsetzten Schrei aus, als mein Arm wieder begann, sich wie von selbst zu bewegen. Meine Hand neigte sich nach unten und glitt über das Papier. Zeichnete das Gesicht des Jungen in allen Details.

Das Grübchen im Kinn. Dann das runde, dunkle Muttermal. Und jetzt die Narbe. Die schmale, weiße Narbe, die die linke Augenbraue teilte. Die schwarzen Brauen, die sich leicht geschwungen über den dunklen, düster blickenden Augen wölbten.

„Jetzt reicht's aber!" Ich riss die Skizze aus dem Block und schleuderte sie zu der anderen auf den Fußboden.

Dann klappte ich hastig den Block zu und warf die Stifte zurück in die Schublade.

Mein Herz hämmerte wie verrückt. Noch einmal wischte ich mir die schweißfeuchten Hände an den Jeans ab.

Fassungslos starrte ich die Zeichnungen auf dem Boden an. Die beiden Porträts. Porträts desselben Jungen. Desselben unbekannten Jungen.

„Wer bist du? Wer?", stieß ich hervor.

Er sah zu mir auf, als versuchte er, mir zu antworten. Als wollte er mir dringend etwas sagen.

Aber *was*?

„Warum zeichne ich immer wieder dich? Warum kann ich nicht das malen, was *ich* will?"

Ich kniete mich auf den Boden, hob die beiden Blätter auf und zerriss sie in winzige Schnipsel.

Und dabei fragte ich mich die ganze Zeit: „Werde ich jetzt verrückt? Drehe ich endgültig durch?"

6

An diesem Abend musste ich mich ziemlich beeilen, denn ich wollte mich um acht mit Aaron im Einkaufszentrum treffen. Wir wollten uns einen Kinofilm ansehen, der um halb neun anfing. Aaron arbeitet jedes Wochenende eine Schicht am Tresen von *Pete's Pizza Service*. Ich glaube, sein Vater ist mit dem Besitzer befreundet. Auf jeden Fall kann Aaron meistens schon kurz vor acht aufhören.

Ich hatte Probleme, einen Parkplatz in der Nähe des Kinos zu finden, und musste ganz am anderen Ende – in der Nähe des *Doughnut Palace* – parken.

Als ich das Einkaufszentrum schon fast durchquert hatte, fiel mir plötzlich ein, dass ich das Licht am Wagen angelassen hatte. Ich stieß einen frustrierten Seufzer aus und raste zurück.

Bis ich endlich beim Kino ankam, war es deshalb schon kurz nach acht, und die Eingangshalle war total voll. Ich hatte das Gefühl, dass sich die halbe Highschool von Shadyside hier herumtrieb, als ich mich auf der Suche nach Aaron durch die Menge schob.

Schließlich entdeckte ich ihn neben dem Popcorn-Stand. Zu meiner Überraschung stand Justine neben ihm und hatte einen Arm um seine Schulter gelegt.

Die beiden steckten ziemlich dicht die Köpfe zusammen und lachten gerade über irgendetwas.

„Was ist denn da los?", fragte ich mich verwundert.

Dass Justine in meiner Gegenwart ständig mit Aaron flirtete, war ja nichts Neues. Ich war daran gewöhnt zu sehen, wie sich die beiden neckten und herumalberten.

Aber ich wäre nie im Leben auf die Idee gekommen, dass Justine auch dann mit meinem Freund schäkerte, wenn ich *nicht* dabei war.

Während ich beobachtete, wie die beiden zusammen lachten und Justine ihren Arm dabei besitzergreifend um Aaron gelegt hatte, als würde er ihr gehören, machte sich plötzlich ein ganz komisches Gefühl in meinem Bauch breit.

Doch dann riss ich mich zusammen. Justine war doch meine Freundin. Ich konnte mir einfach nicht vorstellen, dass sie versuchen würde, mir hinter meinem Rücken den Freund wegzuschnappen.

Energisch bahnte ich mir einen Weg durch die Menge und ging zu ihnen hinüber. Als Justine mich entdeckte, nahm sie sofort ihren Arm von Aarons Schulter und trat einen Schritt zurück.

„Hey, wie geht's dir denn?", fragte Aaron und strahlte mich mit seinem liebevollen Lächeln an. Sofort fühlte ich mich besser.

„Ganz okay", antwortete ich. Ich hatte auf der Fahrt hierher beschlossen, ihm nichts von meinem merkwürdigen Erlebnis am Nachmittag zu sagen. Von dem Gesicht, das ich gegen meinen Willen immer wieder hatte zeichnen müssen.

Aaron hatte seit dem Unfall eine Menge mit mir durchgestanden. Er war so lieb zu mir gewesen und hatte so viel Verständnis für meine Gedächtnislücken aufgebracht.

Manchmal erzählte ich es ihm deshalb lieber nicht, wenn ich über unangenehme Dinge nachdachte. Ich wollte nämlich nicht, dass er sich noch mehr Sorgen um mich machte oder vielleicht sogar dachte, ich wäre dabei, verrückt zu werden.

„Na, wie war's denn heute bei Pete?", fragte ich vergnügt

und nahm seine Hand. Ich freute mich wirklich, ihn zu sehen.

„Das Übliche. War 'ne Menge los." Aaron zeigte mir einige dunkle Flecken auf seinem Sweatshirt, bei denen es sich offenbar um Tomatensauce handelte. „Sieht man mir doch an, oder?"

Ich musste lachen. „Du riechst sogar wie eine Pizza. Hmmm, lecker!"

„Ich war gerade einkaufen und bin dabei Aaron über den Weg gelaufen", schaltete sich Justine in unser Gespräch ein und zwirbelte dabei eine rote Locke um ihren Finger. „Aaron meinte, es würde dir bestimmt nichts ausmachen, wenn ich mit ins Kino komme."

„Natürlich nicht", antwortete ich schnell. Ohne dass ich es verhindern konnte, schoss mir durch den Kopf: „*Solange du deine Pfoten von ihm lässt!*"

Im nächsten Moment tat mir das schon wieder leid.

„Die Kinokarten hab ich schon. Lasst uns jetzt besser mal reingehen", drängte Aaron.

„Wir brauchen noch Popcorn", widersprach Justine und stellte sich in der Schlange am Stand an.

Ein paar Minuten später kam sie mit einer riesigen Tüte voll frischem, duftendem Popcorn zurück. „Ich hab uns 'ne kleine Portion besorgt", witzelte sie.

Aaron legte den Arm um meine Schultern und schob mich ins Kino. Der Vorspann lief bereits. Zum Glück fanden wir noch Plätze ganz vorne. Ich sitze nämlich am liebsten in der Nähe der Leinwand, weil ich nicht so gerne Leute vor mir habe. In der ersten Reihe habe ich immer das Gefühl, völlig im Film aufzugehen.

Aaron saß zwischen Justine und mir und hatte die Tüte mit Popcorn auf dem Schoß, aus der wir uns alle drei bedienten.

Justine streifte dabei mehrmals mit ihrer linken Hand die von Aaron, und ich fragte mich, ob das wohl einfach nur Zufall war.

Jedes Mal, wenn sie ihn berührte, überlief mich ein eiskaltes Frösteln.

Als ich wieder zu Hause war, klingelte spät noch mein Telefon. Es war kurz nach zwölf. Erschrocken griff ich sofort zum Hörer. „Hallo?"

„Hi, ich bin's."

„Justine?" Es gelang mir nicht, meine Überraschung zu verbergen. Aaron und ich hatten sie doch erst vor einer halben Stunde zu Hause abgesetzt. „Ist alles in Ordnung?"

„Ja, bestens. Ich … ich wollte nur ein bisschen mit dir reden."

Ich gähnte und warf einen Blick auf die Uhr. „Was ist denn mit ihr los?", fragte ich mich im Stillen. „Ich habe doch den ganzen Abend mit ihr verbracht."

„Wir hatten gar keine Gelegenheit, uns zu unterhalten", erklärte Justine. „War ein ziemlich blöder Film, was?"

Ich trug das Telefon durchs Zimmer und ließ mich aufs Bett fallen. „Jim Carrey fand ich eigentlich ganz komisch", antwortete ich. „Über den muss ich immer lachen. Er ist irgendwie so tollpatschig."

„Aaron hat so laut gegrölt, dass ich dachte, er bekommt gleich keine Luft mehr!", rief Justine aus.

„Du kennst doch Aaron", sagte ich und schob die Ärmel des langen T-Shirts hoch, in dem ich meistens schlafe.

Dabei schoss mir durch den Kopf: *Ich wüsste gerne, wie gut du ihn wirklich kennst, Justine!*

„Er ist immer der Erste, der bei solchen Filmen vor Lachen vom Sitz rutscht", fuhr ich fort und versuchte, meinen bitteren Gedanken abzuschütteln. „Aaron findet einfach alles komisch. Besonders wenn der Humor nicht zu anspruchsvoll ist."

Am anderen Ende machte sich Stille breit. Dann platzte Justine plötzlich heraus: „Ich bin ja so eifersüchtig auf dich!"

„Was?"

Meine Katze Rooney sprang neben mich aufs Bett. Ich schob sie sanft zurück auf den Boden. Sie haart nämlich fürchterlich und hinterlässt überall Spuren ihres weißen Fells.

„Du hast mich genau verstanden", erwiderte Justine scharf. „Ich sagte, ich bin furchtbar eifersüchtig auf dich. Aaron ist echt ein toller Typ."

„Ja, ist er", antwortete ich. Ziemlich lahme Antwort – ich weiß. Aber was hätte ich sonst sagen sollen?

Etwa: *„Machst du ihn deswegen die ganze Zeit an?"* Das hätte ich nie fertiggebracht. Justine war schließlich meine Freundin.

Und heute Nacht klang sie irgendwie bedrückt.

„Bist du wirklich okay?", fragte ich.

Wieder Schweigen am anderen Ende. Ich konnte hören, wie Justine in ihrem Zimmer auf und ab lief. Wahrscheinlich trug sie einen ihrer heiß geliebten Seidenpyjamas, und ihr lockiges, rotes Haar hing ihr offen um die Schultern.

„Ich glaube, ich bin heute ein bisschen schlecht drauf", gab sie schließlich mit leiser Stimme zu.

„Was ist denn los?", erkundigte ich mich und schubste Rooney zum zweiten Mal vom Bett. Als ich mich hinunterbeugte, um sie zu streicheln, flitzte sie beleidigt aus dem Zimmer.

„Na ja, ich weiß auch nicht. Irgendwie alles eben. Aber eigentlich nichts", antwortete Justine. Sie liebte es, sich rätselhaft auszudrücken.

Ich wartete darauf, dass sie ihre geheimnisvolle Äußerung näher erklärte.

„Heute Abend vor dem Kino habe ich angefangen, über ein paar Dinge nachzudenken", fuhr sie fort. „Ich hatte nämlich vor ein paar Tagen ein langes Gespräch mit meinen Eltern."

„Oh, oh", dachte ich alarmiert. Justines Eltern waren die düstersten und deprimierendsten Menschen, die ich kannte.

„Du weißt ja, dass ich nächsten Herbst nicht aufs College gehen kann." Justine seufzte. „Es ist einfach nicht genug Geld da. Und für ein Stipendium sind meine Noten zu schlecht."

Sie stieß ein bitteres Lachen aus. „Ich hab ja nicht mal ein Stipendium für das Junior College in Waynesbridge bekommen."

Alle Schüler aus Shadyside machen sich über das Junior College lustig. Es hat einen ziemlich schlechten Ruf und wird auch Idiotenschule genannt.

„Ich werde also zu Hause bleiben und ein paar Jahre arbeiten müssen", redete Justine weiter. „Du weißt schon, um Geld zu sparen." Wieder seufzte sie tief auf.

„Das tut mir wirklich leid für dich", sagte ich mitfühlend. „Aber davon geht die Welt nicht unter. Du könntest doch vielleicht …"

„*Du* hast so viel Glück, Martha", unterbrach sie mich plötzlich erregt. „Du hast nette Eltern, die beide nicht schlecht verdienen. Du hast Aaron. Du hast ziemlich gute Noten. Und du hast ein außergewöhnliches Zeichentalent …"

„Justine – hör auf!", rief ich und sprang auf. „Ich kann ja verstehen, dass du *glaubst*, ich hätte ein perfektes Leben. Aber …"

„Nein, das glaube ich nicht", schnitt Justine mir das Wort ab.

„Was?" Ihre Antwort verblüffte mich total.

„Nein, das glaube ich nicht, Martha", wiederholte sie. Und dann klang ihre Stimme plötzlich ganz seltsam. Irgendwie gepresst und schneidend kalt. „Dein Leben ist längst nicht so perfekt, wie du denkst", stieß sie hervor.

Ich atmete tief durch. „Wie meinst du das?", fragte ich eingeschüchtert.

Stille.

„Justine, was willst du damit sagen?"

„Ich muss auflegen", flüsterte sie plötzlich. „Mein Dad ruft gerade hoch, dass ich sofort vom Telefon verschwinden soll."

„Halt, warte …", versuchte ich, sie aufzuhalten.

Aber ich hörte nur noch ein Klicken, und dann war die Leitung tot.

Ich schleuderte das Telefon frustriert aufs Bett und verschränkte die Arme vor der Brust. Nachdenklich klopfte ich mit meinem nackten Fuß auf den Teppich.

Dein Leben ist längst nicht so perfekt, wie du denkst.

Was hatte sie bloß mit dieser Bemerkung gemeint?

Hatte es etwas mit Aaron zu tun? Mit Aaron und Justine?

Oder war es etwas noch Schlimmeres?

7

„Komm her, Rooney. Na, komm schon!", lockte ich und klopfte auffordernd auf meinen Schoß.

Ich lag ausgestreckt auf der Couch im Wohnzimmer und hatte zerrissene Jeans und ein altes Sweatshirt an. Irgendwie war mir danach, Rooney bei mir zu haben und sie zu streicheln. Aber natürlich wollte sie ausgerechnet jetzt nicht herkommen.

Warum müssen Katzen bloß so verdammt unabhängig sein? Rooney tat immer nur das, was sie gerade wollte.

Es war Sonntagabend, und ich fühlte mich ziemlich einsam. Mom und Dad besuchten Freunde am anderen Ende der Stadt, und ich war schon ziemlich früh mit meinen Hausaufgaben fertig geworden. Außerdem war am nächsten Tag sowieso keine Schule, weil irgendeine wichtige Lehrerkonferenz stattfand.

Ich hatte Laura angerufen, um sie zu fragen, ob sie Lust hätte, ein bisschen die Stadt unsicher zu machen. Aber sie war nicht zu Hause gewesen, und Adriana leider auch nicht.

Also lag ich jetzt auf der Wohnzimmercouch und betrachtete gelangweilt mal den Schneeregen vor dem Fenster, mal das Skispringen im Fernsehen.

„Rooney – komm gefälligst her!", versuchte ich es noch einmal.

Aber meine Katze drehte sich um und stolzierte hoheitsvoll und mit hoch erhobenem Schwanz davon.

Seufzend kuschelte ich mich wieder in die weichen Polster des Sofas und starrte auf den Bildschirm, wo gerade die tief verschneite Umgebung der Sprungschanze zu sehen war.

Doch plötzlich schien sich ein anderes Bild davorzuschieben. Ich sah eine Holzhütte inmitten einer Winterlandschaft. Von dem schrägen Dach löste sich eine Schneewehe und fiel zu Boden.

„Oh!"

Ich fuhr hoch.

In meinem Kopf drehte sich alles, und mir war auf einmal ganz schwindelig.

Ein Flashback!

Die Hütte. Der Schnee. Ich begann, mich zu erinnern!

Hastig sprang ich auf. Mein Herz hämmerte wie verrückt, und mir wurde eiskalt. Ich hatte plötzlich das Gefühl, ich würde *tatsächlich* im Schnee stehen und diese Holzhütte betrachten.

Ich schloss die Augen und versuchte, mich zu konzentrieren. Bemühte mich verzweifelt, meinem Gedächtnis auf die Sprünge zu helfen.

Bis jetzt hatte ich nur ein Bild gesehen, das offenbar durch die Szene im Fernsehen ausgelöst worden war. Aber ich wollte Genaueres wissen. Ich musste mich unbedingt an *mehr* erinnern!

Während ich die verschneite Hütte in meiner Vorstellung festhielt, rannte ich nach oben in mein Zimmer. Schwer atmend ließ ich mich auf meinen Schreibtischstuhl fallen und schloss wieder die Augen.

Ich versuchte, mich noch einmal in die Szene zu versetzen. Versuchte, mehr von der Schneelandschaft zu sehen, die mein Gedächtnis ausgegraben hatte …

Wow! Zwei Hütten. Ich sah zwei Hütten nebeneinander, an deren Wänden sich der Schnee hoch auftürmte. Die Verwehungen reichten bis zu den Fenstern mit den fröhlichen, bunten Vorhängen. Die Scheiben leuchteten golden auf, als sie das gleißende Sonnenlicht reflektierten.

Auch der Schnee schien zu glänzen. Alles wirkte strahlend, klar und kalt.

„Wo bin ich?", schoss es mir durch den Kopf. „Kenne ich diese beiden Hütten? Bin ich schon mal hier gewesen?"

War das eine echte Erinnerung? Ein Stück meines Gedächtnisses, das ich wiedergefunden hatte?

Oder entsprang das Bild nur meiner Fantasie?

Ich versuchte, nicht darüber nachzudenken, sondern einfach hinzuschauen.

Und auf einmal kam Bewegung in das Bild. Ich entdeckte einige farbenfrohe Silhouetten. Sie wirkten wie leuchtende Flecken auf dem schimmernden, silbrig glänzenden Schnee.

In dem strahlenden Glitzern waren sie nur schwer auszumachen. Das grellweiße, blendende Licht verschleierte ihre Gesichter.

Ich konzentrierte mich noch stärker.

Starrte auf die farbigen Flecken, die sich über den Schnee bewegten. Nach einer Weile verwandelten sie sich in die Gestalten von Menschen.

Es waren vier Mädchen.

„Hey …!", rief ich laut aus, als ich das vorderste identifizierte.

Das war ja ich! Es waren meine glatten, blonden Haare, die unter der blauen Wollmütze hervorschauten. Und auch meinen blau-weißen Skianzug erkannte ich nun wieder.

Ich versuchte, mich noch stärker zu konzentrieren. Tiefer in mein Gedächtnis vorzudringen.

Und dann traten meine drei Freundinnen durch den Schleier aus Licht. Sie bewegten sich über den Schnee auf mich zu und waren auf einmal ganz klar zu sehen. Adriana, Justine und Laura.

Wir vier waren zusammen dort.

Ich sah deutlich, wie wir lächelten. Unsere Wangen waren von der Kälte gerötet, und der Atem stieg in kleinen, weißen Wölkchen vor unseren Gesichtern auf. Die Stiefel knirschten durch den tiefen, verharschten Schnee.

Und auf einmal waren wir in der Hütte.

Dort war es hell und warm. Ein gemütliches Feuer flackerte in dem gemauerten Kamin, und ich sah Becher mit dampfend heißer Schokolade.

Ja, wir vier saßen rund um einen Tisch, der mit einem karierten Tischtuch bedeckt war. Wenn wir die weißen Becher hochhoben, klebten sie jedes Mal an der Plastiktischdecke fest.

Die tanzenden Flammen tauchten unsere Gesichter in ein flackerndes, goldenes Licht.

Plötzlich klopfte jemand. Stühle wurden scharrend über den Holzfußboden geschoben.

Von draußen waren Rufe zu hören, und das Pochen wurde energischer.

Wer war das?

Wir sprangen alle vier auf und stürzten zur Tür. Adriana war am schnellsten.

Ich konnte sie jetzt ganz deutlich sehen.

Sie trug einen langen, hellgelben Pullover über ihrer dunkelblauen Skihose und hatte ein farblich passendes Stirnband im Haar. Ihr Gesicht war noch immer von der Kälte gerötet.

Mit einem kräftigen Stoß öffnete sie die Hüttentür. Ein Schwall kalter Wind drang herein, und für einen Moment hingen glitzernde Schneekristalle in der Luft.

Aber wer war dort an der Tür?

Aaron?

Ja, es war Aaron. Ich konnte ganz deutlich seine schwarze Daunenjacke erkennen, die er immer zum Skifahren trug. Die Kapuze hatte er sich über die dunklen Haare gezogen.

Aaron war also auch da. Und noch zwei andere Jungen.

Ja. Zwei Jungen.

Aber ich konnte sie nicht erkennen. Ihre Gesichter schienen im Dunkeln zu liegen.

Warum konnte ich die beiden nicht genauer sehen?

Ich blinzelte, und sofort verschwand die Szene.

So unvermittelt, als ob jemand das Licht ausgeschaltet hätte.

Die Jungen. Meine Freundinnen. Die leuchtenden Flammen. Die Becher mit Schokolade. Die Hütte. Der Schnee. Alles verschwunden.

Ich blinzelte noch einmal und schloss dann wieder die Augen. Ich wollte zur Hütte zurückkehren. Ein weiteres Stück meiner Erinnerung ausgraben.

Doch ich sah nur wirbelnde Dunkelheit.

Langsam hob ich die Lider. Als mein Blick auf die Schreibtischplatte fiel, stieß ich einen unterdrückten Schrei aus.

Ich hatte die ganze Zeit skizziert, ohne es zu merken.

Fassungslos nahm ich den Block in die Hand, um das Bild zu betrachten.

Ich war entsetzt. Ich hatte schon wieder das unbekannte Gesicht gezeichnet.

8

Am nächsten Morgen, einem stürmischen, grauen Montag, wachte ich rechtzeitig auf, um zur Schule zu gehen. Doch dann fiel mir ein, dass ich ja frei hatte.

Ich versuchte, wieder einzuschlafen, aber es gelang mir nicht. Als ich mich gegen neun endlich aufraffte, aus dem Bett zu klettern, entdeckte ich Rooney, die zusammengerollt am Fußende lag und tief und fest schlief.

„Hast du etwa die ganze Nacht hier verbracht?", fragte ich sie.

Aber sie rührte sich nicht.

Ich verwendete den Vormittag darauf, einige Besorgungen für meine Mutter zu machen. Als ich kurz vor zwölf wieder nach Hause kam, wartete Laura in der Küche auf mich.

„Hey! Du hier?" Es gelang mir nicht, meine Überraschung zu verbergen. „Was gibt's denn?"

Sie kniff ihre schönen blaugrauen Augen zusammen und schaute mich fragend an.

„Hast du es etwa vergessen? Du wolltest mich doch heute begleiten."

Ich starrte sie an und versuchte krampfhaft, mich zu erinnern.

Spielte mir mein Gedächtnis etwa schon wieder einen Streich?

Laura sah wie üblich umwerfend aus. Sie trug eine schwarze Lederweste über einem dunkelbraunen Rollkragenpullover, der ihr fast bis zu den Knien reichte. Darunter hatte sie weit geschnittene, schwarze Jeans an.

„Der Fototermin", sagte sie ungeduldig. Sie öffnete den Kühlschrank und nahm sich eine kleine Flasche Mineralwasser heraus. „Erinnerst du dich etwa nicht mehr daran, Martha? Du hattest mir versprochen mitzukommen."

„Oh ja. Natürlich." Jetzt fiel es mir wieder ein. Es war schon einige Wochen her, dass Laura und ich darüber gesprochen hatten.

„Ich habe noch nie mit diesem Fotografen gearbeitet, und sein Studio liegt in einem ziemlich heruntergekommenen Viertel im Old Village. Meine Eltern waren natürlich wieder mal zu beschäftigt, um mich hinzubringen", ratterte Laura los. „Ich wäre schrecklich erleichtert, wenn du mich begleiten würdest. Ist das für dich okay?"

„Klar. Kein Problem", antwortete ich und unterdrückte einen resignierten Seufzer.

Sobald ich mit Laura zusammen war, schien es mir jedes Mal die Sprache zu verschlagen. Wenn sie den Mund aufmachte, purzelten die Worte wie eine Lawine aus ihr heraus, und ich fühlte mich nach kürzester Zeit regelrecht erdrückt.

Sie nippte kurz an ihrem Wasser. „Bäh – ich hasse dieses Zeug. Aber wenigstens hat es keine Kalorien."

„Wir haben auch Diät-Cola, wenn du möchtest", bot ich ihr an.

Sie schüttelte den Kopf und nahm noch einen Schluck. Dann strich sie sich mit einer graziösen Bewegung durchs Haar. „Der Fotograf hat mir gesagt, ich solle nichts mit meinen Haaren machen, deswegen trage ich sie heute offen. Wahrscheinlich werden sie mich nachher im Studio frisieren."

Sie setzte die Flasche ab und betrachtete mich aufmerksam. „Du siehst heute irgendwie anders aus. Hast du irgendwas mit *deinem* Haar gemacht?"

Ihre Bemerkung brachte mich zum Lachen. „Nein. Es ist nur vom Wind ganz zerzaust, und ich bin noch nicht dazu gekommen, es zu kämmen."

Laura fiel in mein Lachen ein.

„Wie geht's dir eigentlich so?", fragte sie plötzlich und wurde schlagartig wieder ernst. Allerdings ließ sie mir keine Zeit zu antworten, sondern redete gleich weiter. „Wir sollten uns jetzt besser mal auf den Weg machen. Ich bin immer gerne etwas eher da, wenn ich mit jemandem noch nicht gearbeitet habe. Ich meine, wir werden wahrscheinlich so oder so die meiste Zeit herumstehen und warten. Aber man kann ja nie wissen."

Sie seufzte resigniert. „Diese Typen brauchen immer *Stunden*, bis sie das Studio optimal ausgeleuchtet haben. Und kaum sind sie so weit, brennt garantiert eine Sicherung durch. Aber auf keinen Fall möchte ich diejenige sein, die eine Verzögerung verursacht. Sonst beschwert sich nachher noch jemand bei der Agentur. Und die haben immerhin bis jetzt ein paar ganz gute Jobs für mich an Land gezogen."

Endlich machte sie eine Pause, um kurz Luft zu holen.

„Wollen wir mit meinem Wagen fahren?", gelang es mir einzuschieben.

Laura trank den letzten Schluck von ihrem Wasser. „Ja, gerne. Das ist lieb von dir." Mit einer anmutigen Bewegung schwang sie sich ihren dunkelblauen Parka über die Schultern. „Danke, dass du mich begleitest, Martha. Ich find's toll, dass wir endlich mal wieder die Gelegenheit haben, miteinander zu reden."

„*Du* hast die Gelegenheit, mit *mir* zu reden", dachte ich frustriert. „Und ich werde wahrscheinlich wieder mal nur zuhören."

Als wir uns auf den Weg ins Old Village machten, setzte

ein kalter Nieselregen ein. Die Scheibenwischer bewegten sich mit einem quietschenden Geräusch über die Windschutzscheibe. Obwohl sich auf einigen Straßen schon eine Eisschicht gebildet hatte, kam mein braver, alter Volvo nicht ins Rutschen.

Während ich mich aufs Fahren konzentrierte, berichtete mir Laura ausführlich von den neuen Klamotten, die sie sich bei *Dalby's* gekauft hatte. „Wahrscheinlich habe ich mal wieder viel zu viel Geld ausgegeben. Aber mein Dad hat mir erzählt, dass man Kleidung, die man für einen Fototermin kauft, von der Steuer absetzen kann. Dabei fällt mir ein – hab ich dir eigentlich schon erzählt, dass ich vielleicht einen Fernseh-Werbespot in New York drehe? Kennst du Artie? Er ist ein Cousin von mir, aber ich glaube, ihr seid euch noch nicht über den Weg gelaufen. Jedenfalls hat er Beziehungen zu einem Talentsucher von einer der ganz großen Agenturen. Er glaubt, dass er mir einen Termin fürs Vorsprechen besorgen kann, wenn ich meine Mappe noch ein bisschen aufpeppe."

Das Wort *Mappe* erinnerte mich sofort an meinen Skizzenblock und an das geheimnisvolle Gesicht, das ich immer wieder gezeichnet hatte. Ich fragte mich, ob Laura es wohl erkennen würde.

Im letzten Winter hatte Dr Sayles meinen Freunden eingeschärft, dass sie mir nicht helfen dürften, mein Gedächtnis wiederzufinden. „Es muss von ganz alleine zurückkommen", hatte er gesagt. „Versucht also nicht, Martha irgendwelche Hinweise zu geben. Sie muss sich in ihrem eigenen Tempo an das erinnern, was geschehen ist."

Trotzdem hätte ich gerne gewusst, ob Laura den Jungen auf meiner Zeichnung kannte.

Der Fototermin lief bestens. Ich schaute aus dem Hintergrund zu, während Laura vor der Kamera posierte.

Der Fotograf war ein witziger, kleiner Mann – dünn wie ein Bleistift und mit einem zerzausten, weißen Wuschelkopf. Er war von Kopf bis Fuß in ausgeblichenen Jeansstoff gekleidet und redete die ganze Zeit mit sich selbst. Mit seinem unaufhörlichen leisen Gemurmel brachte er sogar Laura zum Schweigen!

Die Fotos waren für eine T-Shirt-Firma. Laura musste sechs verschiedene Modelle anziehen, in denen sie dann abgelichtet wurde. Die Assistentin des Fotografen, eine nette, junge Frau, die nicht viel älter war als wir, half als Stilistin aus und veränderte bei jeder neuen Einstellung Lauras Frisur.

Natürlich sah Laura wunderschön aus. Sie wirkte völlig natürlich und schien sich vor der Kamera richtig wohlzufühlen – als ob sie schon ihr ganzes Leben Modell gestanden hätte.

Von Zeit zu Zeit blickte sie zu mir herüber und fragte: „Martha – bist du sicher, dass du dich auch nicht langweilst?"

Und ich versicherte ihr jedes Mal, dass ich mich prächtig amüsierte und dass ich doch sonst nie die Möglichkeit hätte, bei einem echten Fotoshooting mit einem Profi dabei zu sein.

Hinterher fuhr ich Laura nach Hause. Der Nieselregen hatte aufgehört, aber die Straßen waren immer noch vereist. Der Himmel war so grau, als wäre es bereits beinahe Nacht.

„Gestern Abend war ich auf einer Party", erzählte mir Laura, während sie sich das Haar ausbürstete und sich selbstverliebt in dem kleinen Spiegel der Sonnenblende betrachtete.

„Ach so – deshalb. Ich habe nämlich versucht, dich anzurufen, und mich schon gewundert, wo du steckst", sagte
ich.

„Die Fete fand bei Gary Brandt statt. Seine Eltern waren
nicht zu Hause." Laura verdrehte die Augen. „Natürlich
geriet irgendwann alles völlig außer Kontrolle."

„Was ist denn passiert?", fragte ich neugierig.

Sie stopfte die Haarbürste wieder in ihre Tasche und
klappte die Sonnenblende hoch. „Ivan war auch da."

Ich warf ihr einen schnellen Seitenblick zu und überfuhr
dabei beinahe ein Stoppschild. „Und?"

„Er ist wirklich total von der Rolle", stöhnte Laura. „Du
kannst es dir gar nicht vorstellen, wenn du's nicht selbst
gesehen hast. Er hat sich richtig mit Bier zugeschüttet …"

„Er hat schon wieder getrunken?" Ich schüttelte den
Kopf. Armer Ivan. Er tat mir echt leid.

„Das kann man wohl sagen. Er hat so viel gesoffen, dass
er einfach umgekippt ist, als er versuchte zu tanzen", berichtete Laura.

Sie runzelte die Stirn. „Er ist genau auf den Tisch gestürzt, auf dem das Essen und die Getränke standen. Und
dann lag er da – mitten in dieser ekligen Bescherung. Der
ganze Teppich war versaut."

Ein angewiderter Ausdruck huschte über ihr Gesicht.
„Gary und Bobby Newkirk und ein paar von den anderen
Jungs mussten ihn aufheben und auf die Couch legen. Er
war total außer Gefecht gesetzt."

„Puh!", murmelte ich. „Das sind ja schlechte Neuigkei-
ten."

„Ich kann gar nicht glauben, dass ich mal mit ihm ausge-
gangen bin. Wenn ich bloß wüsste, was mich damals an
ihm gereizt hat. Er ist ein kompletter Vollidiot!", schnaubte Laura und verzog verächtlich das Gesicht.

„Adriana glaubt, dass es ihm wegen dir so schlecht geht", entfuhr es mir. „Weil du ihn verlassen hast."

Laura blieb vor Staunen der Mund offen stehen, und ihre blassen Wangen färbten sich purpurrot. „Schon möglich!", murmelte sie dann.

„Macht dir das denn gar nichts aus?", wollte ich wissen.

Sie schüttelte den Kopf. „Nein, wirklich nicht." Und nach einer kurzen Pause fügte sie hinzu: „Er wird schon drüber hinwegkommen."

Ich beschloss, lieber das Thema zu wechseln. „Justine hat mich Samstagabend ziemlich spät noch angerufen. Wir haben lange miteinander geredet. Sie schien irgendwie deprimiert zu sein."

Laura wandte sich in ihrem Sitz um, sodass sie mich ansehen konnte. „Und was hast du ihr gesagt?", fragte sie.

„Nicht viel", gab ich zu und bog in die Auffahrt der Winters ein. „Was sollte ich denn schon sagen?"

Laura stieß die Autotür auf und stieg aus. Aber anstatt sich zu verabschieden und zu gehen, beugte sie sich noch einmal in den Wagen.

Ich erschrak, als ich ihren seltsamen, angespannten Gesichtsausdruck bemerkte. „Hey, Martha", sagte sie und senkte ihre Stimme dabei fast zu einem Flüstern.

„Ja?"

„Nimm dich in Acht vor Justine!"

9

Am nächsten Tag war mein wöchentlicher Besuch bei Dr Sayles fällig.

Dr Sayles sieht noch ziemlich jung aus. Er hat schulterlange, wellige blonde Haare, wasserblaue Augen und ein Grübchen in jeder Wange. Am liebsten trägt er Polohemden und Jeans. Er hat breite Schultern und muskulöse Arme. Ich vermute, dass er regelmäßig im Fitnessstudio trainiert.

Auf jeden Fall sieht er überhaupt nicht aus wie ein Seelenklempner. Eher wie einer von diesen Surfertypen aus *Baywatch*. Aber er ist ziemlich klug und hat mir schon eine Menge geholfen.

Auch sein Büro ist ganz anders eingerichtet, als man es sich vorstellen würde. An der Wand hinter seinem Schreibtisch hängt ein Poster von Jimi Hendrix, und er hat auch keine Couch. Stattdessen stehen sich mitten im Raum zwei bequeme Ledersessel gegenüber – einer für den Patienten und einer für ihn.

Ich mochte Dr Sayles, aber ich kann nicht gerade behaupten, dass ich mich auf die Sitzungen bei ihm freute.

Sie waren jedes Mal schmerzlich, weil ich mich einfach nicht daran erinnern konnte, was im letzten November passiert war.

Manchmal schämte ich mich ein bisschen, dass ich so wenig Fortschritte machte. Ich meine, jedes Mal, wenn ich Dr Sayles erzählte, dass meine Erinnerung immer noch nicht zurückgekommen war, hatte ich das Gefühl, ich würde ihn enttäuschen.

Deswegen war ich heute auch so aufgeregt. Ich saß wie auf Kohlen in dem kleinen Wartezimmer und konnte es kaum erwarten, in sein Büro zu kommen.

Endlich hatte ich ihm etwas zu berichten!

„Ich … ich glaube, mein Gedächtnis kommt zurück", sprudelte ich los, sobald ich mich in meinem Sessel niedergelassen hatte. Vor lauter Aufregung und Nervosität stotterte ich ein bisschen. Ich umklammerte mit meinen schweißfeuchten Händen die ledernen Armlehnen und befahl mir im Stillen, mich zu beruhigen.

„Wirklich?", meinte Dr Sayles und fuhr sich mit der Hand durch das blonde Haar. Dann klopfte er mit seinem Bleistift rhythmisch gegen den langen, gelben Block, den er im Schoß hielt.

„Ja. Ich … habe etwas gesehen. Eine Art Bild in meinem Kopf", fuhr ich fort.

Interessiert beugte er sich ein Stück vor. Seine hellblauen Augen hefteten sich forschend auf mein Gesicht, als würde er versuchen, meine Gedanken zu lesen. „Und was hast du gesehen, Martha?", fragte er mit ruhiger Stimme.

Ich schluckte. Mein Mund fühlte sich plötzlich wie ausgetrocknet an. Mit beiden Händen knetete ich die Armlehnen des Sessels. „Da waren zwei Hütten", berichtete ich. „Im Schnee. Ich meine, es war alles tief verschneit. Auf dem Boden lag Schnee und auf den Dächern auch. Die Hütten standen oben auf einem Hügel. Einem sehr steilen Hügel."

Dr Sayles nickte.

Im selben Moment fühlte ich mich zutiefst enttäuscht.

Ich wusste nicht, was ich erwartet hatte. Dass er aus seinem Sessel aufspringen, zu mir herüberkommen und mich umarmen würde? Oder rufen: „Martha, das ist ja wunderbar!"?

Keine Ahnung. Aber auf jeden Fall hatte ich mehr erhofft als ein Nicken.

„Nicht schlecht, Martha", meinte er schließlich und nickte noch einmal. Dann kritzelte er etwas auf seinen Notizblock.

„War das eine echte Erinnerung?", fragte ich aufgeregt. „Gibt es diese beiden Hütten auf dem verschneiten Hügel wirklich? Haben sie vielleicht etwas zu tun mit … mit dem, was passiert ist?"

Dr Sayles ignorierte meine Fragen. „Und was hast du noch gesehen?"

Frustriert seufzte ich auf. Warum ging er denn überhaupt nicht auf mich ein? Er hätte sich doch wenigstens ein bisschen über meine Fortschritte freuen können.

„Was ist dir noch an diesem Bild aufgefallen?", fragte der Doktor ruhig und klopfte mit seinem Bleistift auf die Armlehne.

Also erzählte ich ihm den Rest. Dass ich zuerst Justine, Adriana und Laura gesehen hatte und dann Aaron und zwei andere Jungen, deren Gesichter ich aber nicht erkennen konnte.

Wieder nickte er nur.

„Fange ich jetzt an, mich zu erinnern? Kommt mein Gedächtnis endlich wieder zurück?", fragte ich ungeduldig.

„Ich denke schon", erwiderte er. Vergeblich wartete ich darauf, dass er lächelte oder irgendeine Gefühlsregung zeigte.

Wahrscheinlich verhielt er sich einfach nur professionell. Aber es hätte mir gutgetan, wenn er dabei ein bisschen *menschlicher* gewesen wäre. Immerhin war ich auf seine Hilfe angewiesen.

„Das ist doch schon sehr ermutigend, Martha", meinte er schließlich und schlug seine langen Beine übereinander.

Er trug teure Halbschuhe mit weißen Socken. „Ist dir sonst noch etwas aufgefallen?"

„Nein, das war alles." Angestrengt versuchte ich, mich an weitere Einzelheiten zu erinnern. Aber das Bild war verschwunden, bevor irgendjemand in der Hütte etwas gesagt oder getan hatte.

„Oh!" Ich schrie auf, als mir plötzlich die Zeichnungen wieder einfielen, die ich mitgebracht hatte.

Dr Sayles richtete sich kerzengerade auf. „Was ist denn los, Martha?"

Ich hob meinen Rucksack vom Boden auf und begann, den Reißverschluss zu öffnen. „Das hätte ich beinahe vergessen. Ich habe Ihnen etwas mitgebracht."

Ich nahm die Blätter aus meinem Zeichenblock und faltete sie auseinander. „Das sind zwei Skizzen, die ich gemacht habe. Ich male seit ein paar Tagen immer wieder dasselbe Gesicht, denselben Jungen", erklärte ich ihm. „Und ich weiß nicht, warum. Es kommt mir fast so vor, als ob es gegen meinen Willen geschieht."

Dann nahm ich in jede Hand eine Zeichnung und hielt sie hoch.

„Erkennen Sie den Jungen, Dr Sayles?", fragte ich eifrig. „Haben Sie ihn vielleicht schon mal gesehen?"

Zu meiner allergrößten Überraschung traten dem Arzt beinahe die Augen aus dem Kopf, als er einen Blick auf die Bilder warf.

Nun war er nicht länger der Profi mit dem ausdruckslosen Gesicht.

Mit offenem Mund und völlig geschockt, starrte er meine Zeichnungen an.

10

Am Samstag war ich schon früh mit meinen Hausaufgaben fertig und langweilte mich ganz furchtbar. Aaron war unterwegs, um mit seiner Familie irgendwelche Verwandten zu besuchen.

Ich saß in meinem Zimmer und lauschte der Musik, die von unten heraufdrang. Dad hörte gerade die Übertragung eines Konzerts aus der Metropolitan Opera im Radio. Bei klassischer Musik dreht er die Lautstärke immer voll auf. Obwohl meine Zimmertür geschlossen war, konnte ich alles so deutlich hören, als würde ich im Wohnzimmer neben ihm sitzen.

Draußen vor dem Fenster spannte sich ein tiefblauer, wolkenloser Himmel. Nachdem es zwei Tage ununterbrochen geschneit hatte, war nun endlich die Sonne hervorgekommen.

Ich hatte eine der Zeichnungen vor mir liegen, die ich von dem unbekannten Jungen gemacht hatte, und blickte auf seine fremden Züge hinunter. Betrachtete seine ernsten Augen und die kleine Narbe, die seine Braue teilte.

Wer war er?

Warum zeichnete ich ihn die ganze Zeit?

Und weshalb weigerte sich Dr Sayles, mir etwas über ihn zu sagen? Als ich ihm die Skizzen gezeigt hatte, hatte der Arzt völlig die Fassung verloren. Warum nur hatte er so ein erschrockenes Gesicht gemacht, als ich die Zeichnungen hochhielt?

Fragen. Fragen.

Ich hatte jede Menge Fragen, aber nur wenige Antworten.

Während ich noch das Gesicht des unbekannten Jungen anstarrte, flog plötzlich mit einem Knall meine Zimmertür auf, und Laura und Adriana stürmten mit wehenden Haaren herein.

„Was ist denn mit dir los?", rief Adriana.

„Du kannst doch nicht den ganzen Tag hier drinnen hocken. Los, komm mit uns raus!", drängte Laura.

Die beiden trugen blaue Daunenjacken über ausgeblichenen Jeans und hatten runde, rote Plastikschlitten im Arm, die wie große Frisbeescheiben aussahen. Ihre Wangen leuchteten beinahe so rot wie die Schlitten.

„Hey – was ist denn mit euch los?", fragte ich lachend und ließ die Zeichnung auf den Schreibtisch fallen.

„Es ist total irre draußen!", rief Laura begeistert. „Ein wunderschöner Wintertag!"

„Und es ist perfektes Rodelwetter!", fiel Adriana ihr aufgeregt ins Wort. „Der Schnee ist ganz leicht gefroren und hat eine dünne Eiskruste. Du musst unbedingt mit uns zum Miller Hill kommen, Martha!"

Ich schaute die beiden mit offenem Mund an. Sie benahmen sich wie aufgekratzte Zehnjährige!

„Ihr meint – ihr wollt *Schlitten* fahren?", fragte ich ungläubig.

Die beiden prusteten los. Ich merkte selbst, dass ich etwas begriffsstutzig klang, aber ich war von ihrem Vorschlag völlig überrascht.

„Warum sollen wir uns denn nicht noch ein bisschen Spaß gönnen?", fragte Laura. „Ich meine – bevor wir erwachsen werden und die ganze Zeit cool und vernünftig sein müssen."

„Komm schon, Martha." Adriana zog mich vom Stuhl hoch. „Hol deine Jacke! Es ist gar nicht so kalt draußen. Na los! Wir haben sogar einen Schlitten für dich mitgebracht."

„Wir können ein Rennen fahren", schlug Laura begeistert vor und half Adriana, mich zur Tür zu schieben. „Wir verjagen einfach all die kleinen Kinder vom Hügel, dann haben wir ihn ganz für uns!"

„Okay – warum eigentlich nicht", gab ich schließlich nach. Ausgelassen und uns gegenseitig anrempelnd, stürmten wir die Treppe hinunter und grölten dabei aus voller Kehle Dads Oper mit. Wir waren so laut, dass er uns zurief, wir sollten gefälligst den Mund halten. Darüber mussten wir furchtbar lachen und sangen noch lauter.

„Laura hat recht. Warum soll ich nicht auch mal ein bisschen Spaß haben", sagte ich mir. Das war auf jeden Fall besser, als in meinem Zimmer zu sitzen und eine unheimliche Zeichnung anzustarren.

Plötzlich wurde mir klar, dass ich mich seit dem Unfall nicht mehr richtig amüsiert hatte. Seitdem ich mein Gedächtnis verloren hatte.

Ich griff mir meinen Schneeparka und ein Paar Wollhandschuhe und folgte meinen Freundinnen nach draußen. Sie hatten nicht übertrieben. Es war ein wunderschöner Nachmittag.

Die Luft war kalt und klar, und das helle Sonnenlicht ließ den Schnee wie Silber glitzern.

Auf dem Weg zum Miller Hill trugen wir unsere runden Schlitten erst unter dem Arm. Aber schon nach kurzer Zeit rollten wir sie wie Reifen durch die Gegend und ließen sie ineinanderkrachen.

Als wir schon fast den höchsten Punkt der steil ansteigenden Straße erreicht hatten, rutschte Adriana aus und fiel hin. Laura und ich stürzten uns auf sie und drückten ihr Gesicht in den Schnee.

Kichernd und spuckend kam sie wieder hoch und begann

sofort eine wilde Rangelei, bei der wir quietschend im Schnee umherrollten und ziemlich nass wurden.

Lachend und keuchend von unserem anstrengenden Kampf, bürsteten wir uns hinterher gegenseitig ab. Dann sammelten wir unsere Schlitten wieder ein, die halb die Straße hinuntergerutscht waren, und setzten unseren Weg fort.

Miller Hill ist der beliebteste Rodelberg in Shadyside. Er ist steil und holperig und geht in ein großes Feld über. Sogar der Schnee scheint auf dem Miller Hill fester und rutschiger zu sein als irgendwo anders. Es ist ein steiler Aufstieg, aber dafür ist die Abfahrt lang, rasend schnell und total aufregend.

Heute glitzerte der Miller Hill wie ein Berg aus reinem Silber. Laura, Adriana und ich hielten an seinem Fuß an und blickten nach oben. Dutzende von Kindern in allen Altersstufen sausten auf ihren Schlitten den Hügel hinab. Mülltonnendeckel und aufgeblasene Schläuche von Lkw-Reifen konkurrierten dabei mit den altmodischen hölzernen Modellen.

Was für ein Bild!

In ihren roten, blauen und grünen Jacken und mit ihren bunten Kapuzen und Wollmützen sahen die Kinder aus wie der farbenfrohe Weihnachtsschmuck an einem riesigen, weißen Baum.

Schon gut. Ich weiß, das klingt ziemlich kitschig.

Aber es war wirklich ein schöner Anblick. Eine richtig *unschuldige* Szene. Irgendwie erinnerte es mich an früher, als ich noch jünger war. An glücklichere Zeiten.

„Wie kommt es bloß, dass der Hügel heute viel höher aussieht als sonst?", fragte Laura japsend und wich gerade noch rechtzeitig zwei kleinen Jungen aus, die auf großen Mülltüten den Hang herabgesaust kamen.

„Jetzt mach bloß nicht schlapp", schimpfte Adriana. „Miller Hill hat sich kein bisschen verändert. Also los!"

Rutschend und schlitternd stemmten wir uns gegen den Wind und kämpften uns den Abhang hinauf. Als wir schon halb oben waren, blies mir eine Bö meinen Plastikschlitten aus der Hand, und ich musste ihm ein ganzes Stück hinterherjagen.

Schließlich schaffte ich es doch noch bis ganz nach oben. Aber wo waren meine Freundinnen?

Ich beschattete meine Augen mit einer Hand, um sie vor dem gleißenden Sonnenlicht zu schützen, und ließ meinen Blick über die Scharen von Kindern wandern.

Nach einer Weile entdeckte ich Laura und Adriana, die sich offenbar darauf vorbereiteten loszurodeln. Sie hatten einen nicht ganz so überlaufenen Platz an der linken Flanke des Hügels gefunden – direkt neben einer Gruppe von ernst dreinschauenden Jungen. In diesem Moment bestiegen sie gerade ihre Schlitten.

Laura wollte offenbar im Sitzen hinunterrodeln, und Adriana – die Mutigere von beiden – hatte sich auf den Bauch gelegt.

Ich sprintete auf meine Freundinnen zu, weil ich sie überraschen und ihnen einen festen Stoß versetzen wollte.

Aber sie waren zu schnell für mich.

Aufgeregt kreischend, sausten sie davon. Ihre Schlitten rasten mit atemberaubender Geschwindigkeit den Hang hinunter.

Lauras Schlitten prallte hart gegen einen Buckel in der Piste und sprang in die Luft. Aber sie schaffte es, sich festzuhalten.

Adriana hatte jetzt den Fuß des Hügels erreicht und fuhr immer weiter. Ihr Schlitten trug sie noch halb über das angrenzende Feld.

Ich lachte vor Begeisterung. Was für eine großartige Abfahrt!

„Jetzt bist du dran", sagte ich zu mir und versuchte, mich zu erinnern, wann ich das letzte Mal hier oben auf dem Miller Hill gestanden hatte und den Hügel hinuntergerodelt war.

Damals musste ich zehn oder elf gewesen sein.

Warum sollten eigentlich nur die Kids jede Menge Spaß haben?

Ich blickte noch einmal zum Fuß des Hügels hinunter und entdeckte Adriana und Laura, die mit ihren Schlitten in der Hand nebeneinanderstanden. Adriana hatte sich die Skimütze vom Kopf gezogen und schüttelte sich den Schnee aus ihren schwarzen Haaren. Beide starrten erwartungsvoll zu mir empor und warteten darauf, dass ich hinunterrodelte.

„Ich komme!", rief ich ihnen zu und formte dabei mit meinen behandschuhten Händen einen Trichter um den Mund. Aber wahrscheinlich konnten sie mich gar nicht hören, denn in diesem Moment fegte eine Windbö über den Hügel und übertönte mit ihrem Pfeifen mühelos meine Stimme.

Ich stellte meinen Schlitten hochkant in den Schnee und kniete mich erst mal hin. Dann setzte ich mich vorsichtig auf die Scheibe und hielt mich an beiden Seiten fest.

Noch bevor ich bereit für die Abfahrt war, erwischte mich auch schon der nächste kräftige Windstoß von hinten, und ich sauste den Hügel hinunter.

Als der Schlitten Fahrt aufnahm, fiel ich beinahe von meinem wackligen Gefährt. Doch obwohl ich kurz darauf auch noch über einen Buckel in der Piste holperte, schaffte ich es irgendwie, mich festzuhalten.

Der weiße Schnee wirbelte nur so vorbei. Es kam mir vor wie ein Schneesturm, der mich völlig einhüllte.

So weiß. Weiß und kalt.

Eine kalte Mauer aus weißem Schnee.

Und ich wurde unter all diesem Weiß begraben.

Ich fiel tiefer und tiefer …

Erst jetzt merkte ich, dass ich schrie.

Es war kein Freudenschrei, kein ausgelassener Juchzer.

Ich schrie aus reinem Entsetzen.

Schrie, bis ich glaubte, meine Lungen würden platzen.

Schrie immer weiter. Immer lauter.

Und während ich mein Entsetzen hinausbrüllte, rückten die weißen Wände näher.

11

Ich kann mich nicht mehr genau erinnern, wie ich nach Hause gekommen bin.

Aber natürlich müssen Adriana und Laura mir irgendwie dabei geholfen haben.

Ich sehe immer noch ihre besorgten Gesichter vor mir, sehe, wie sie am Fuß des Hügels auf mich zurannten, um mich hochzuziehen. Sie mussten meine Hände mit Gewalt vom Schlitten lösen und mich auf die Füße stellen.

Ich sehe ganz deutlich ihre angstvoll aufgerissenen Augen, ihre roten Wangen. Verzweifelt redeten sie auf mich ein, riefen mir etwas zu.

Aber ich konnte sie nicht hören, weil ich immer noch schrie. Ich schrie mir die Kehle wund und konnte einfach nicht aufhören.

Ich sah die verstörten Gesichter der Kinder um uns herum und eine junge Frau, die hastig zwei kleine Mädchen wegzerrte. Die Mädchen bedeckten ihre Ohren mit den Händen, um sich gegen mein schrilles Kreischen zu schützen.

Ich sah sie alle ganz klar. Sah ihre Besorgnis. Sah ihre Furcht.

Aber ich konnte nicht aufhören.

Ich hatte völlig die Kontrolle über mich verloren. Es fühlte sich an, als ob irgendein Wesen in mir darum kämpfte, hervorzubrechen. Schreiend bahnte es sich seinen Weg aus mir heraus.

Aber was hatte mein Entsetzen ausgelöst?

Der Schnee? Der Schlitten? Das Gefühl, immer schneller den Hang hinunterzurasen?

Der Schreck darüber, die Kontrolle verloren zu haben? Oder waren es vielleicht die vorbeisausenden kalten Wände aus glitzerndem Schnee gewesen, die ich plötzlich so deutlich gesehen hatte?

Warum war ich so plötzlich durchgedreht?

Ich glaube, ich habe auf dem ganzen Heimweg gebrüllt. Aber ich kann mich nicht mehr genau daran erinnern. Ich weiß nicht mehr, wie ich nach Hause gekommen bin, und ich weiß auch nicht mehr, wann ich endlich aufhörte, diese furchtbaren Schreie auszustoßen.

Meine Kehle fühlte sich ganz wund an und brannte wie Feuer. Ich konnte nicht mehr sprechen, sondern bloß noch flüstern.

„Martha, du bist ganz schön fertig!", stellte ich im Stillen fest.

Dann endlich lag ich in meinem Bett und hatte die Bettdecke bis zum Kinn hochgezogen.

Meine Eltern waren unten. Mom machte mir eine Tasse Tee und einen Teller heiße Suppe, während Dad sich ans Telefon gehängt hatte und versuchte, Dr Sayles zu erreichen.

Ich zitterte immer noch am ganzen Körper. Meine Kehle pochte und schmerzte von meinen wilden Schreien.

Hilflos lag ich im Bett und starrte die weiße Zimmerdecke an.

Die blendend weiße Decke.

Und plötzlich hatte ich wieder ein Flashback. Mit der Geschwindigkeit eines dahinsausenden Schlittens blitzte ein Bild vor meinem inneren Auge auf.

Ein weiteres Puzzlestück meiner Erinnerung.

Ich sah die schneebedeckten Hütten. Pulverige Schneeverwehungen reichten bis zu den Fenstern, und silbrig glänzende Eiszapfen hingen wie Dolchklingen von der Regenrinne.

Ich sah Justine. Laura. Und dann Adriana.

Eine Schneeballschlacht.

Ich hörte das Geräusch eines Schneeballs, der den Rücken von Adrianas Parka traf.

Gelächter ertönte. Es waren Jungenstimmen.

Weitere Schneebälle flogen durch die Luft.

Dann entdeckte ich Aaron neben mir. Sein dunkles Haar quoll widerspenstig unter einer braunen Mütze hervor. Ein breites Lächeln lag auf seinem Gesicht, und seine Wangen waren von der Kälte gerötet.

Ich spürte, wie ich mich duckte, als der nächste Schneeball dicht über meinen Kopf hinwegsauste.

Alle lachten, riefen durcheinander und amüsierten sich offenbar prächtig.

Während ich mit geschlossenen Augen im Bett lag, spürte ich plötzlich, dass ich lächelte. Wir schienen verdammt viel Spaß zu haben.

Der verschneite Hügel glitzerte. Aaron warf einen Schneeball nach Laura. Sie duckte sich und ließ sich auf die Knie fallen. Da traf sie eine weitere Schneekugel direkt am Kopf und riss ihr die Kapuze herunter.

Lachend krabbelte sie auf allen vieren herum, um neue Schneebälle zu formen. „Ich krieg dich!", rief sie jemandem zu und tat so, als ob sie böse wäre. „Warte nur!"

Mit wem redete sie da?

Ich kämpfte darum, klarer zu sehen.

Aaron?

Nein. Es war Ivan.

Ivan war also einer der beiden anderen Jungen, die ich bis jetzt noch nicht erkannt hatte. Er trug seine Lederjacke und hatte weder Mütze noch Handschuhe an.

Ich sah ganz deutlich sein spöttisches Grinsen und das kleine Bärtchen unter seinem Kinn.

Der nächste Schneeball klatschte Laura mit einem dumpfen Geräusch gegen die Brust.

Sie japste, schnappte sich den Kragen von Ivans Lederjacke und versuchte, ihn in den tiefen Schnee zu ziehen.

Alle lachten.

Alle amüsierten sich.

Jetzt konnte ich die Szene ganz klar sehen. Ich erinnerte mich. Ein Teil meines Gedächtnisses war zurückgekehrt.

Au!

Ich spürte einen plötzlichen Kälteschock. Sah mich auf einmal selbst, wie ich mir einen dicken Klumpen gefrorenen Schnee von der Stirn wischte.

Hörte ein hämisches Lachen.

Dann spürte ich, wie mich der nächste Schneeball traf. Hart und mit voller Wucht landete er auf meinem Jackenkragen.

Wer hatte ihn geworfen? Wer griff mich an?

Angestrengt kniff ich die Augen zusammen und versuchte, die gesamte Szene zu überblicken. Versuchte, mich zu erinnern. Mir alles wieder ins Gedächtnis zu rufen.

Und dann sah ich Justine. Ein wütender Ausdruck verzerrte ihr hübsches Gesicht.

Justine, die mich mit Schneebällen förmlich bombardierte. Wie wild formte sie sie zwischen ihren grünen Handschuhen und schleuderte sie nach mir. So schnell und so fest sie konnte.

„Justine …!" Ich beobachtete mich dabei, wie ich ihr etwas zurief. „Hey – was soll das?"

Sie ignorierte mich einfach und warf stattdessen noch wütender und härter. Dabei stieß sie vor Anstrengung jedes Mal ein lautes Stöhnen aus.

Wollte sie mich etwa verletzen?

„Warum ist Justine so sauer auf mich?", fragte ich mich verwirrt. „Wieso hat sie es auf mich abgesehen?"

Und dann sah ich plötzlich, wie ich mich wehrte und nun auch sie mit Schneebällen bewarf. Wie eine Irre schaufelte ich mit beiden Händen den Schnee zusammen und schleuderte ihn mit voller Wucht in ihre Richtung. Ich ließ mir nicht mal die Zeit, richtige Kugeln daraus zu formen.

Inzwischen brüllten wir uns beide aus vollem Halse an. Wir bewegten uns hastig und voller Wut.

Unsere Gesichter waren verzerrt vor Ärger und Anspannung.

Und dann spürte ich plötzlich, wie mehrere Hände mich zurückzogen. Sah, dass Aaron und Ivan mich mit vereinten Kräften wegzerrten und Laura und Adriana sich vor Justine aufgebaut hatten.

Ich hörte Justines wütendes Schreien, aber ich konnte nicht verstehen, was sie rief.

Worum ging es hier eigentlich? Warum war sie so böse auf mich?

Laura und Adriana mussten sie festhalten und zurück zur Hütte schleifen, während Aaron und Ivan mich an den Schultern gepackt hatten und versuchten, mich zu beruhigen.

Die heitere Stimmung war mit einem Schlag verschwunden. Ich fühlte mich auf einmal so kalt wie der eisige Wind.

Das Weiß verschwand, und das Bild verdunkelte sich.

Was war passiert?

Im Bett liegend, versuchte ich verzweifelt, die Szene festzuhalten.

Ich musste mehr sehen! Musste mich erinnern!

Und mit einem Mal erschien ein neues Bild.

Inzwischen war es dunkler und später geworden. Ich saß in einer der Hütten, offenbar in einem hinteren Zimmer. Die Tür stand einen Spaltbreit offen, und ich konnte beobachten, wie die Flammen im steinernen Kamin tanzten.

Ich hockte da, den Rücken an die Wand gelehnt, und war in tiefe Schatten gehüllt.

Vergeblich versuchte ich, die Dunkelheit mit meinen Blicken zu durchdringen.

Ich saß auf einer langen, niedrigen Bank und jemand lehnte sich an mich. Jemand war direkt neben mir.

Es war so dunkel im Raum, als ob wir uns verstecken wollten.

Ich bemühte mich, das Gesicht des Jungen zu erkennen, als er mich plötzlich küsste.

„Es ist Aaron", dachte ich. „Es muss Aaron sein, ich weiß es genau."

Wen hätte ich denn auch sonst küssen sollen – in diesem schattigen Eckchen, weit weg von allen anderen?

Die Dunkelheit hüllte uns ein. Ich konnte das Gesicht des Jungen immer noch nicht richtig erkennen.

Aaron – warum kann ich dich nicht sehen?

Ein angstvoller Schauder durchfuhr mich auf einmal.

Wieder beugte sich der Junge vor, um mich zu küssen, und ich spürte seine Lippen, die sich hart und fordernd auf meinen Mund pressten.

Das war nicht Aaron!

Ich küsste einen anderen Jungen.

Aber wer war es?

Er lehnte sich ein Stück zurück und lächelte mich an.

Und jetzt sah ich seine ernsten, dunklen Augen.

Die Stupsnase. Die kleine, weiße Narbe, die sich quer durch seine Augenbraue zog.

Ihn hatte ich also dort im Schatten geküsst.

Jetzt konnte ich es ganz deutlich sehen.

Sein Gesicht.

Es war das Gesicht, das ich wieder und wieder gezeichnet hatte.

12

Am nächsten Nachmittag suchte ich all meine Zeichnungen von dem fremden Jungen zusammen und steckte sie in meinen Rucksack. Dann schlich ich aus dem Haus.

„Aaron, du musst mir jetzt helfen", flehte ich im Stillen. Meine Stiefel sanken tief in den verharschten Schnee ein, als ich mit schnellen Schritten zu seinem Haus ging. Ich zog meinen Parka enger um mich herum und stemmte mich gegen den stetigen, eiskalten Wind.

Meine Eltern wollten, dass ich noch einen weiteren Tag im Bett verbrachte. Sie hatten Dr Sayles nicht erreichen können, weil er zu einer Konferenz gefahren war und erst am Montag zurückkam. Deswegen hatten Mom und Dad darauf bestanden, dass ich so lange zu meinem eigenen Schutz zu Hause blieb.

Aber ich fühlte mich nicht einmal in meinem Bett sicher, die Decke bis unters Kinn gezogen. Auch heiße Suppe und Tee konnten mich nicht beruhigen und dafür sorgen, dass ich mich entspannte.

Das war erst möglich, wenn ich endlich die Wahrheit herausgefunden hatte. Ich würde nur dann wieder ruhiger werden, wenn ich wusste, was letzten November passiert war.

Und Aaron konnte es mir sagen. Er *musste* mir helfen.

Ein heftiger, eiskalter Windstoß wehte meinen Parka auseinander. Ich zog den Reißverschluss zu und rückte meinen Rucksack gerade. Dann stapfte ich weiter durch den tiefen, verharschten Schnee.

An der nächsten Ecke kam Aarons Haus in Sicht. Zwei große, immergrüne Büsche, die völlig zugeschneit waren, schienen es zu bewachen. Die Einfahrt und der Weg zur Haustür waren freigeschaufelt worden, und der Schnee türmte sich nun zu beiden Seiten des schräg abfallenden Rasens auf. Ein einzelner Eiszapfen, dick wie eine Karotte, hing über der Haustür.

Ich drückte auf die Klingel, aber sie schien eingefroren zu sein. Noch einmal presste ich energisch meinen Finger auf den Knopf, aber im Inneren des Hauses war nichts zu hören.

Also klopfte ich. Ich war ohne Fäustlinge aus dem Haus gestürmt, und meine halb erfrorene Hand schmerzte, als ich damit dreimal gegen die Tür hämmerte. Und dann noch dreimal.

Endlich ging drinnen das Licht an. Ich hörte ein Husten, dann Schritte.

Aarons kleiner Bruder Jake öffnete die Tür.

„Hallo", sagte ich, die Hand immer noch zum Klopfen erhoben. „Ist Aaron zu Hause?"

„Ja. Na klar." Jake starrte zu mir hoch. In einer Hand hielt er einen Schokoriegel. Seltsamerweise ging er mir nicht aus dem Weg oder bat mich herein.

„Was ist – kann ich ihn sehen?", fragte ich ungeduldig.

Bevor Jake antworten konnte, tauchte Aaron auf und stieß seinen Bruder beiseite. Der schubste zurück, verschwand dann aber.

„Martha – hallo!" Aaron strich sich mit einer Hand sein braunes Haar zurück. Er trug alte, ausgebeulte Jeans und ein Sweatshirt in den Highschool-Farben Kastanienbraun und Grau. „Ich habe dich gar nicht erwartet …"

„Ich muss unbedingt mit dir reden!", platzte ich heraus. Ich war überrascht, wie aufgeregt meine Stimme klang. Wie verzweifelt. Aber ich konnte mich auf einmal nicht mehr beherrschen.

„Aaron, ich muss dir etwas zeigen. Und ich möchte, dass du mir einige Dinge erzählst. Ich brauche dringend ein paar Antworten auf meine Fragen."

„Na ja ..." Aaron warf einen verstohlenen Blick hinter sich ins Haus und runzelte die Stirn. Er schien sehr angespannt zu sein.

„Was ist denn heute nur los?", fragte ich mich verwundert und betrachtete forschend sein Gesicht.

Zuerst hatte Jake mich nicht reinbitten wollen, und jetzt ließ mich auch noch Aaron hier draußen in der Kälte stehen.

„Kann ich vielleicht hereinkommen?", fragte ich schließlich.

„Oh ... äh ... na klar." Aarons Wangen färbten sich rot, und er trat einen Schritt zurück.

Ich streifte meine Stiefel auf dem Fußabtreter ab und trat in die Wärme des Hauses. Für einen Moment folgte mir die eisige Kälte sogar bis in den geheizten Flur. Ich setzte den Rucksack ab, zog meinen Parka aus und warf beides auf den Boden neben der Couch im Wohnzimmer.

„Ich bin nur hier, weil ich auf Jake aufpasse", erklärte Aaron hastig.

„Deine Eltern sind nicht zu Hause?"

Er schüttelte den Kopf.

„Ich musste dich unbedingt sehen", sagte ich.

„Ich ... ich hab schon gehört, was gestern passiert ist", stotterte Aaron. Er schob die Hände in die Taschen seiner Jeans und blickte angestrengt aus dem Fenster. „Es tut mir leid. Ich ..." Er beendete den Satz nicht.

„Er ist doch sonst nicht so verkrampft", dachte ich alarmiert. „Was zum Teufel hat er nur?"

Ich rieb meine eiskalten Hände, um sie aufzuwärmen. Vom anderen Ende des Flurs drangen die Geräusche des

Fernsehers zu mir. Lustige, hohe Stimmen. Offenbar ein Zeichentrickfilm. Ich hörte Jake lachen.

„Aaron …", setzte ich an. „Ich wollte dir diese Zeichnungen von mir zeigen." Ich kniete mich hin und griff nach meinem Rucksack, als plötzlich ein lautes Krachen aus der Küche ertönte.

Aaron schnappte erschrocken nach Luft.

Ich fuhr hoch. „Ist da etwa noch jemand?"

Sein Gesicht lief knallrot an. „Nein. Ich …"

Mit schnellen Schritten durchquerte ich den Raum, eilte durch den kurzen Flur und riss die Küchentür auf.

„Justine …!", schrie ich überrascht. „Was machst *du* denn hier?"

13

Justine hatte sich vornübergebeugt und sammelte gerade die Scherben des Trinkglases ein, das sie hatte fallen lassen. Auf dem Boden war eine Pfütze des verschütteten Wassers zu sehen.

Als ich hereinplatzte, wirbelte sie erschrocken herum und öffnete den Mund wie zu einem Schrei.

„Justine ist nur vorbeigekommen, um sich meinen Taschenrechner zu leihen", erklärte Aaron, der hinter mir die Küche betreten hatte. „Bei ihrem sind nämlich die Batterien leer."

„Das stimmt", bekräftigte Justine hastig und strich sich nervös eine rote Haarsträhne aus der Stirn. Dann wandte sie sich an Aaron. „Tut mir leid. Ich wollte mir nur ein Glas Wasser holen. Aber ich hab's fallen lassen und …"

„Du hast dich hier drin *versteckt*!", rief ich anklagend. Meine Stimme klang schrill und wütend. „Justine – was hast du hier in der Küche zu suchen?"

„Ich … ich hab mich nicht versteckt", widersprach sie. „Wirklich, Martha … ich …"

„Ich habe sie darum gebeten", mischte Aaron sich plötzlich ein und stellte sich zwischen uns. Er fuhr sich nervös mit der Hand durch sein welliges, braunes Haar und blickte schuldbewusst von Justine zu mir.

„Du hast *was*?", fragte ich ungläubig.

„Ich habe sie gebeten, in der Küche zu warten", erklärte Aaron. „Ich hatte Angst, du würdest sonst falsche Schlüsse ziehen."

„Wie bitte?", rief ich empört.

Justine ließ eine gezackte Glasscherbe auf den Küchentresen fallen. „Beruhige dich doch, Martha. Es ist alles in Ordnung", sagte sie mit sanfter Stimme.

Aaron stellte sich direkt hinter mich und legte mir die Hände auf die Schultern. „Ja. Es ist alles in Ordnung", wiederholte er ihre Worte.

„Wir haben beide gehört, was gestern passiert ist", meinte Justine mitfühlend. „Dass du am Miller Hill einen Schreikrampf bekommen hast. Als du eben an der Tür geklopft hast, haben wir dich durch das Vorderfenster gesehen. Aaron meinte, ich solle besser in die Küche gehen, damit du dich nicht aufregst."

Aaron drehte mich sanft herum und sah mich mit seinen blauen Augen eindringlich an. „Tut mir leid, Martha. Das war dumm von mir. Total blöd. Aber ich hab's echt nur gut gemeint."

„Wir wollten nicht, dass du wieder die Nerven verlierst", fügte Justine hinzu. „Ich bin ehrlich nur kurz wegen des Taschenrechners vorbeigekommen. Glaub mir."

Ich blickte zu Boden. Die schwarzen und grauen Punkte auf dem Linoleum schienen zu flimmern und miteinander zu verschmelzen. Ich schloss die Augen. „Entschuldigt bitte", murmelte ich. „Ich wollte euch nicht verdächtigen und mich wie eine Verrückte aufführen."

Aaron legte seinen Arm um meine Taille, und Justine sprudelte noch ein paar tröstende Sätze hervor. Dann holte Aaron ihr den Taschenrechner, und nachdem sie sich noch einmal entschuldigt hatte, zog sie ihre Jacke an und stürmte aus der Tür.

Ich sah ihr durch das Wohnzimmerfenster hinterher. Justine ging mit schnellen Schritten und gesenktem Kopf die Einfahrt entlang und knabberte auf ihrer Unterlippe herum. Während ich sie beobachtete, versuchte ich mir darüber klar zu werden, ob ich ihr und Aaron wirklich glauben konnte oder nicht.

Aaron war während der ganzen letzten Zeit wunderbar zu mir gewesen und hatte sich so liebevoll um mich gekümmert.

Ich gab mir einen Ruck und beschloss, den beiden ihre Geschichte abzunehmen.

Mit einem Mal spürte ich Aarons Blick. Als ich mich umdrehte, sah ich, dass er sich auf die Couch gesetzt hatte und mit den Fingern nervös auf der Armlehne herumtrommelte.

Ich ging zu ihm hinüber und setzte mich ans andere Ende der Couch.

„Es tut mir wirklich leid wegen dieses … dieses Missverständnisses", murmelte er vor sich hin.

„Meine Erinnerung kommt langsam zurück", stieß ich hervor.

Die Überraschung war ihm deutlich anzusehen. Ein Muskel an seinem Kiefer zuckte, und er schluckte trocken.

„Ab und zu sehe ich Bilder", fuhr ich fort. „Ganze Szenen. Stück für Stück fällt mir alles wieder ein."

Er seufzte tief auf und sagte mit leiser, gedämpfter Stimme, die kaum lauter als ein Wispern war: „Wenn du dich wieder an alles erinnern kannst, wird es ganz schön hart für dich sein."

Dann nahm er meine Hand und drückte sie zärtlich. Ich wünschte, er würde sie länger festhalten, aber er ließ mich schnell wieder los.

„Wie meinst du das?", fragte ich. „Warum sollte es hart für mich sein?"

Er zögerte. „Du weißt doch, dass ich dir das nicht sagen darf", erwiderte er, immer noch im Flüsterton.

„Erzähl's mir!", drängte ich. „Warum wird es hart für mich sein?"

„Dr Sayles hat uns verboten, dir zu helfen", antwortete Aaron. Dann machte er eine Pause und räusperte sich. „Er hat gesagt, dass du von ganz alleine dein Gedächtnis wiederfinden musst. Wir haben ihm versprechen müssen, dir nicht zu verraten, was damals passiert ist."

„Aber Aaron ..." Ich griff nach seinem Arm und versuchte, ihn zu mir heranzuziehen, aber er blieb am anderen Ende der Couch sitzen. „Warum wird es hart für mich sein, wenn ich mein Gedächtnis wiederfinde?", drängte ich noch einmal. „Warum wird es mich aufregen?"

Er stieß einen unterdrückten Schrei aus. Seine blauen Augen sahen mich gequält an. „Weil ... weil etwas Schreckliches passiert ist!", rief er. „Etwas Schreckliches, Martha!"

Dann atmete er tief durch. Sein Blick war immer noch fest auf mich gerichtet. „Es hat uns alle verändert." Ein seltsames Lächeln breitete sich auf seinem Gesicht aus. Ein bitteres Lächeln, das ich noch niemals vorher bei ihm gesehen hatte. „In gewisser Weise hast du sogar Glück, dass du dich nicht erinnern kannst", murmelte er.

„Aber Aaron ..."

Das seltsame Lächeln verschwand. Hektisch fuhr er sich mit der Hand durch das dunkle Haar.

Frustriert stöhnte ich auf. Ich brannte darauf, dass er mir die ganze Geschichte erzählte. Alles. Doch ich wusste, dass er das nicht tun würde. Meine Freunde meinten es ja alle so gut mit mir und waren fest entschlossen, mit Dr Sayles zusammenzuarbeiten.

Plötzlich fiel mir etwas ein. Die Zeichnungen! Die hatte ich ja völlig vergessen.

Ich beugte mich über die Lehne der Couch und hob meinen Rucksack auf. Meine Hände zitterten so sehr, dass ich zuerst Schwierigkeiten hatte, den Reißverschluss zu öffnen. Als ich es schließlich geschafft hatte, zog ich die Skizzen hervor.

„Was ist denn das?", fragte Aaron interessiert und rutschte endlich näher an mich heran.

Ich hielt zwei der Bilder hoch. „Dieses Gesicht habe ich immer wieder gezeichnet."

Aaron traten beinahe die Augen aus dem Kopf, und er schnappte nach Luft.

„Wer ist das?", fragte ich.

Er schüttelte den Kopf. „Nein." War dieser Ausdruck in seinen Augen Schock oder Angst?

„Sag's mir!", beharrte ich. „Ich kann nicht aufhören, dieses Gesicht zu malen. Sag mir, wer das ist!"

„Nein. Kommt nicht in Frage!", antwortete er und schüttelte wieder den Kopf.

Ich hielt ihm die Zeichnungen direkt vors Gesicht. „Sag's mir! Na los, sag's mir!"

Er schob sie beiseite und sprang auf. „Ich kann nicht, Martha! Du weißt doch, was der Arzt gesagt hat. Ich darf es dir nicht verraten!"

Ich erhob mich ebenfalls und stellte mich ganz dicht vor ihn. So einfach würde ich ihn nicht davonkommen lassen. Ich konnte jetzt nicht aufgeben!

Das Gesicht des fremden Jungen machte mich noch ganz verrückt.

Überall, wo ich ging und stand, sah ich es vor mir. Ich bekam es einfach nicht aus dem Kopf.

„Ist es jemand, den ich kenne?", fragte ich verzweifelt.

Aber Aaron verschränkte abweisend die Arme vor der Brust.

„Sag mir wenigstens das", flehte ich ihn an und hielt ihm die Zeichnungen direkt vor die Augen.

Er wich zurück und machte eine schnelle Bewegung, als

würde er über seinem Mund einen Reißverschluss zuziehen. „Hör bitte auf damit, Martha. Bitte. Ich darf es dir wirklich nicht sagen. Mach es uns beiden doch nicht unnötig schwer."

Ich spürte, wie sich meine Kehle zuschnürte und meine Schläfen zu pochen begannen. Ich musste es wissen. Musste es *jetzt* wissen.

„Kenne ich ihn, Aaron? Wo lebt er? Wenn er hier in der Gegend wohnt, müsste ich ihm inzwischen doch mal über den Weg gelaufen sein", rief ich mit schriller Stimme.

Plötzlich hatte ich das Gefühl, dass ich zu weit gegangen war.

Ich merkte, wie Aaron seine Selbstbeherrschung verlor.

Sein Gesicht lief dunkelrot an, und er ballte die Hände zu Fäusten. Er biss die Zähne so fest zusammen, dass die Kieferknochen deutlich hervortraten, und spuckte die Antwort regelrecht aus.

„Du willst also wissen, warum du ihm nicht über den Weg gelaufen bist, Martha? Du willst es wirklich wissen?"

„Ja, sag's mir!", forderte ich.

„Weil er tot ist – deswegen!"

14

Dienstagabend hatte ich nichts vor und beschloss, an meiner Mappe zu arbeiten, die ich für die Zulassung zum Kunstkurs vorlegen musste. Ich setzte mich an den Schreibtisch und öffnete meinen Zeichenblock.

Dabei rutschte ein Porträt des unbekannten Jungen heraus.

Ich nahm es in die Hand und betrachtete es.

„Warum zeichne ich einen Toten?", grübelte ich.

Ich hielt das Blatt in verschiedenen Winkeln in der Hoffnung, dass ich durch die unterschiedlichen Perspektiven vielleicht einen Hinweis erhalten würde.

Aber die dunklen Augen starrten mich an, ohne etwas von ihrem Geheimnis zu verraten.

Wer war dieser Typ?

Aaron hatte sich geweigert, mir mehr über ihn zu erzählen. Er war furchtbar wütend auf sich gewesen, weil er die Beherrschung verloren hatte und damit herausgeplatzt war, dass der Junge nicht mehr lebte.

Wenn ich Aaron in der Schule traf, versuchte ich, mich bei ihm zu entschuldigen. Doch sobald er mich sah, machte er auf dem Absatz kehrt und ging schnell davon. Und jedes Mal, wenn ich bei ihm zu Hause anrief, ging Jake ans Telefon und behauptete, sein Bruder sei nicht da.

„Ich möchte dich nicht verlieren, Aaron", murmelte ich leise vor mich hin. „Du bedeutest mir so viel. Ich *darf* dich einfach nicht verlieren!"

Immer noch starrte ich das Gesicht auf der Zeichnung

an. „Wer bist du?", fragte ich. „Und warum habe ich dich dort in der Hütte geküsst?"

Warum nur musste ich wieder und wieder diesen Fremden skizzieren?

Ein erschreckender Gedanke ließ mich trotz der Wärme in meinem Zimmer plötzlich frösteln.

Kontrollierte der tote Junge etwa meine Hand?

Zwang er mich, ihn zu zeichnen? Führte *er* meine Hand *aus dem Grab heraus*?

Hastig zerknüllte ich die Zeichnung und holte zwei Kohlestifte aus der Schublade. Ich beugte mich über den Zeichenblock und versuchte, meine Hand ruhig zu halten.

„Ich werde eine Katze malen", beschloss ich.

Der Abgabetermin für die Mappe war in zwei Wochen. Wenn ich bis dahin nicht ein paar Zeichnungen vorlegen konnte, würde ich nicht für den Sommerkurs zugelassen werden.

„Du musst mir Modell sitzen, Rooney. Wo bist du?"

Wie üblich war von dem Katzenvieh wieder mal nichts zu sehen, wenn ich es brauchte.

Also beugte ich mich über den Block und begann, Rooney aus der Erinnerung zu skizzieren.

„Martha", ertönte plötzlich die Stimme meiner Mutter. „Adriana ist hier."

Ich hörte die Schritte meiner Freundin im Flur.

„Hi. Was gibt's?", fragte ich, als Adriana ins Zimmer kam.

„Ach, nichts Besonderes. Und wie geht's dir?", erkundigte sie sich. Sie nahm ihren blauen Wollschal ab, zog die Daunenjacke aus und warf beides auf mein Bett. Dann strich sie ihr krauses, schwarzes Haar mit beiden Händen zurück. „Puh – ist das kalt draußen! Du siehst super aus, Martha."

„Danke. Ich fühl mich auch ganz gut", antwortete ich leise. Seit diesem Vorfall beim Schlittenfahren hatte ich mich pausenlos bei Adriana und Laura entschuldigt. Mindestens zwei Dutzend Mal hatte ich ihnen jetzt schon versichert, wie peinlich mir die ganze Angelegenheit war und dass es mir wieder bestens ging.

Trotzdem schauten sie ständig nach mir und hörten nicht auf, mir zu erzählen, wie großartig ich aussähe.

Adriana ließ sich neben ihrer Jacke auf mein Bett plumpsen und stieß einen tiefen Seufzer aus. „Hast du deine Hausaufgaben schon fertig?"

Ich nickte. „Ja, aber ich hatte auch nicht besonders viel auf. Ich wollte gerade ein bisschen zeichnen. Diese Mappe …"

„Bei mir zu Hause sieht's gar nicht gut aus", unterbrach mich Adriana.

„Deine Eltern?", fragte ich. „Haben sie wieder Streit? Möchtest du vielleicht bei mir übernachten?"

Meistens ging Adriana den Streitereien ihrer Eltern aus dem Weg, indem sie eine Weile bei mir blieb. Es gab Zeiten, wo die beiden sich so häufig in der Wolle hatten, dass Adriana kaum noch zu Hause war und schon beinahe dauerhaft bei uns wohnte.

„Nein, es geht nicht um meine Eltern", sagte Adriana und stieß mit der Stiefelspitze immer wieder in einen Fleck auf dem Teppich.

„Dad ist am Sonntag ausgezogen." Sie stöhnte. „Endlich!"

Ich wusste nicht, was ich sagen sollte. Adriana hatte mir erzählt, dass sie ihrem Vater viel näherstand als ihrer Mutter. Ich nahm ihr nicht ab, dass sie über seinen Auszug froh war, auch wenn sie das behauptete.

„Es geht um Ivan", murmelte sie und spielte nervös mit

den Fransen ihres blauen Wollschals herum. „Ich mache mir ziemliche Sorgen um ihn."

Ich rollte mit dem Schreibtischstuhl herum, damit ich sie ansehen konnte. Dann legte ich den Block auf meinen Schoß und zeichnete weiter, während ich mich mit ihr unterhielt. „Was hat er denn diesmal angestellt?"

Adriana zögerte. „Ich ... ich bin nicht ganz sicher. Aber ich bin vorhin in seinem Zimmer gewesen, um ihn etwas zu fragen. Dabei ist mir aufgefallen, dass er einen neuen Kassettenrekorder und einen Discman hat."

Ich hörte auf zu zeichnen. „Na und? Was ist denn daran so schrecklich, Adriana?"

Sie wickelte den Schal um ihr Handgelenk. Ihre dunklen Augen blitzten. „Kannst du mir vielleicht verraten, woher er das Geld dafür genommen haben soll?"

Ich schüttelte den Kopf und wartete darauf, dass sie fortfuhr.

„Ich fürchte, er hat die Sachen gestohlen", stieß sie schließlich hervor. „In letzter Zeit treibt er sich mit ein paar wirklich üblen Typen rum. Ein paar von ihnen sind von der Highschool in Waynesbridge geflogen. Ich glaube, sie haben dort einen Waschraum in Brand gesetzt oder so."

„Na, entzückend", knurrte ich und verdrehte die Augen.

„Jedenfalls ist Ivan ständig mit diesen Spinnern zusammen", erzählte Adriana weiter. „Er behauptet, das wären ganz tolle Kerle. Sie wüssten wenigstens, wie man Spaß hat."

Sie warf den Schal zurück aufs Bett. „Und jetzt hat Ivan auf einmal lauter neue Sachen. Ich bin mir sicher, dass er klaut. Er ist völlig durcheinander, Martha. Wenn er so weitermacht, ruiniert er noch sein ganzes Leben. Und ich ... ich ..."

Ich wollte ihr gerade antworten.

Doch als mein Blick den Skizzenblock streifte, entfuhr mir ein erschrockener Schrei. „Oh nein!"

Ich hatte keine Katze gezeichnet, sondern wieder dieses Gesicht!

Konnte ich denn gar nichts anderes mehr malen?

Plötzlich spürte ich Adrianas Hand auf meiner Schulter. Als ich hochblickte, sah ich, dass sie das Porträt des Jungen fassungslos anstarrte.

Sie schluckte und riss überrascht die Augen auf. Dann biss sie fest die Zähne zusammen.

„Hättest du Lust, Freitagabend zu einem Basketballspiel zu gehen?", fragte sie auf einmal unvermittelt, ihre Hand immer noch auf meiner Schulter.

„Was?"

„Das Spiel der *Shadyside Tigers* gegen die *Ironton Hawks*. Freitagabend. Hättest du Lust hinzugehen?", wiederholte sie. „Du weißt schon – einfach mal Spaß haben. Alles andere für eine Weile vergessen."

„Ich möchte nicht vergessen", dachte ich unglücklich. „Ich möchte mich *erinnern*."

„Na klar", sagte ich laut. „Super Idee. Amüsieren wir uns ein bisschen."

Laura fuhr mit Adriana und mir zum Spiel. Sie hatte uns ein bisschen zu früh abgeholt, sodass wir noch eine Weile in ihrem Wagen durch die Stadt gondelten. Dabei hatten wir das Radio die ganze Zeit bis zum Anschlag aufgedreht.

Wir sangen die Songs lauthals mit und pfiffen aus dem heruntergekurbelten Wagenfenster gut aussehenden Jungen hinterher. Laura bog mit quietschenden Reifen um die Kurven, und wir lachten und alberten herum.

Wir benahmen uns völlig kindisch, aber das war uns

egal. Es war so ein kalter, harter Winter – da hatten wir uns wirklich ein bisschen Spaß verdient.

Zehn Minuten nachdem das Spiel angefangen hatte, bogen wir mit dröhnendem Motor auf den Schülerparkplatz der Highschool ein. Wir stürmten in die Halle, wo uns bereits die Rufe der aufgeregten Menge und das dumpfe Geräusch des Basketballs begrüßten.

Als wir die Tribüne hochkletterten und uns nach freien Plätzen umsahen, warf ich einen Blick zur Anzeigetafel: Es stand schon acht zu zwei für unsere Gegner, die *Ironton Hawks*. Kein besonders guter Anfang.

„*Tigers* vor!", schrie ich. „Die *Tigers* sind die Größten!"

Laura, Adriana und ich brachten ein paar jüngere Schüler dazu, ein Stück aufzurücken, und quetschten uns auf die Bank in der obersten Reihe der Tribüne.

Shadyside hatte gerade mit einem sauberen Freiwurf einen Punkt gemacht, und die Menge jubelte.

„Wo steckt eigentlich Aaron heute?", rief Laura über das Gegröle hinweg.

Ich zuckte mit den Achseln. „Keine Ahnung. Er hat sich nicht bei mir gemeldet." Schnell wandte ich mich wieder dem Spielfeld zu – entschlossen, nicht über den Grund dafür nachzudenken.

Heute Abend hatte ich keine Lust, mir wegen Aaron den Kopf zu zerbrechen. Oder wegen irgendjemand anderem.

Ich wollte mir einfach nur das Basketballspiel ansehen. Mit der Menge jubeln und die *Tigers* anfeuern. Und mit Laura und Adriana nach dem Spiel vielleicht noch ein bisschen durch die Gegend fahren oder irgendwo eine Pizza essen.

Ich hatte Sehnsucht nach einem ganz normalen Abend unter ganz normalen Leuten. Wollte einmal nicht daran denken, dass mir ein großes Stück meines Lebens fehlte und dass ich deswegen von allen bemitleidet wurde, als wäre ich irgendwie behindert.

„Na, los, *Tigers*!", brüllte ich, so laut ich konnte.

Die Trillerpfeife des Schiedsrichters ertönte. Er zeigte eine Auszeit an. Ich sah, wie Corky Corcoran aufsprang und die Gruppe der Cheerleader auf den Platz führte.

„Schaut euch doch bloß mal diesen Spieler der *Hawks* an!", rief Adriana begeistert und zeigte zur Bank der gegnerischen Mannschaft.

„Welchen denn?" Ich kniff die Augen zum Schutz gegen das grelle Licht der Scheinwerfer zusammen. „Meinst du den Großen da?"

Adriana prustete los. „Sie sind alle groß. Ich spreche von dem mit den lockigen, schwarzen Haaren."

Ich blinzelte nochmals. „Doch nicht etwa von dem Typen, der anscheinend Probleme hat, eine Schleife in seine Schnürsenkel zu machen?"

Adriana ignorierte meine ironische Bemerkung. „Ich habe die ganze Zeit nur *ihm* zugejubelt!", gestand sie. „Ist er nicht süß?"

Ich schüttelte den Kopf. „Verräterin."

Die Cheerleader machten zum Abschluss einen Spagat und rannten dann vom Spielfeld. Die Spieler warfen ihre Handtücher beiseite, stellten ihre Wasserflaschen weg und liefen zurück aufs Feld.

Ein Summen ertönte, und das Match ging weiter.

Es war ein echtes Kopf-an-Kopf-Rennen. Kurz vor der Halbzeit stand es unentschieden – beide Mannschaften hatten 24 Punkte.

„Ich stehe kurz vor dem Verhungern", stöhnte Laura und zupfte an meinem Ärmel. „Lasst uns dem Gedränge an den Essensständen zuvorkommen."

„Ja, gehen wir lieber jetzt", stimmte Adriana ihr zu.

Es waren nur noch zwei Minuten zu spielen, als wir zu dritt die Treppe der Tribüne hinuntergingen. Außerhalb der Halle im Gang waren Stände mit Popcorn, Hotdogs und anderem Fast Food aufgebaut.

Wir waren schon fast unten angekommen, als einer der *Hawks*-Spieler gleich zwei Punkte erzielte. Die Menge stöhnte, als die Gäste in Führung gingen.

Ich sah, wie unsere Spieler sich umdrehten und mit dem Ball auf den gegnerischen Korb zustürmten. Sah ihre verbissenen Gesichter, ihre Entschlossenheit, zur Halbzeit nicht zurückzuliegen.

Ein Pass. Und noch ein Pass.

Der eine Spieler begann zu dribbeln und verlor den Ball. Ich beobachtete, wie er ärgerlich die Stirn runzelte.

Sah sein Gesicht.

Nein!

Es war das Gesicht, das ich immer wieder zeichnen musste.

„Er ist es!", quietschte ich und tastete Halt suchend nach Adriana. „Der tote Junge! Er ist es!"

Ich griff daneben, verpasste Adrianas Schulter und fiel beinahe die Stufen hinunter.

Im letzten Moment fand ich mein Gleichgewicht wieder und blickte ungläubig aufs Spielfeld.

Ein anderer Spieler drehte sich um. Er hatte dasselbe Gesicht.

Ich starrte zwei weitere Spieler an.

Betrachtete fassungslos ihre welligen, schwarzen Haare. Ihre Stupsnasen. Ihre ernsten, dunklen Augen.

Das Gesicht!

Sie alle hatten das Gesicht, das ich immer wieder skizziert hatte.

Das Gesicht des toten Jungen.

Und als sie sich umwandten, um mich anzusehen, verschwand ihr Lächeln. Ihre Münder öffneten sich, und ihre Augen traten vor Entsetzen hervor.

Sie alle begannen zu schreien.

Und ich schrie mit ihnen.

15

„Er ist es! Der tote Junge! Er ist es!"

War das wirklich ich, die immer wieder diese Worte hervorstieß?

Ich spürte, dass alle Augen auf uns gerichtet waren, als Adriana und Laura mich die Tribüne hinunterschleppten.

„Er ist es! Lasst mich los! Der tote Junge! Ich muss ihn mir noch einmal ansehen!"

In diesem Moment ertönte direkt über unseren Köpfen der Summer, der das Ende der ersten Halbzeit ankündigte. Das laute Geräusch brachte mich wieder zur Besinnung.

Meine Freundinnen zerrten mich mit vereinten Kräften zur Tür der Sporthalle, doch es gelang mir, mich loszureißen. Ich musste ihn sehen! Mit ihm reden!

Aber die Spieler hatten sich schon abgewandt und stürmten über das Spielfeld zu den Umkleidekabinen.

„Martha, nun komm schon!", drängte Adriana und zog mich aus der Halle. Sie und Laura führten mich fort von den Essensständen und den langen Flur hinunter.

An den Stufen, die zur dunklen Cafeteria führten, blieben wir stehen.

„Ich hole ihr besser was zu trinken", sagte Laura zu Adriana und rannte wieder zurück Richtung Halle.

Ich setzte mich auf die unterste Stufe. Adriana ließ sich neben mir nieder. „Martha – geht's dir jetzt besser?"

„Ich … ich weiß nicht", antwortete ich ehrlich.

Ich schloss die Augen und sah sofort wieder die Spieler vor mir. Die Spieler, die alle *sein* Gesicht hatten.

„Ich kann dir wirklich nicht sagen, ob ich wieder okay bin."

Als ich nach ein paar Sekunden blinzelte, bemerkte ich, dass Adriana eine große, silberne Münze in der Hand hielt. „Ich würde dir gerne eine Entspannungsübung zeigen, die ich von Dr Corben gelernt habe. Sie beruhigt mich immer, wenn ich gestresst bin."

Sie hielt ihre Hand dicht vor mein Gesicht. „Schau auf die Münze", flüsterte sie. „Folge ihr mit den Augen."

Langsam bewegte sie das Geldstück von links nach rechts. Es glänzte schwach in dem trüben Licht. Während meine Augen ihre gleichmäßige Bewegung verfolgten, flüsterte Adriana mit sanfter, monotoner Stimme: „Konzentriere dich auf die Münze. Ruhig. Ganz ruhig. Schau einfach nur auf die Münze."

In der Hoffnung, dass die Gesichter in meinem Kopf dann verschwinden würden, gehorchte ich ihr.

Ich sehnte mich nach Ruhe und danach, in die Normalität zurückzukehren.

Das Geldstück schwebte langsam vor meinem Gesicht hin und her. Von links nach rechts. Von rechts nach links.

Plötzlich wurde mir ganz schwummerig, und ich umklammerte erschrocken Adrianas Hand. „Hey! Was machst du denn da mit mir?", fragte ich alarmiert.

„Es ist alles in Ordnung, Martha", antwortete sie in beschwichtigendem Ton. Sanft löste sie meinen festen Griff um ihr Handgelenk. „Das war nur eine Art von Hypnose, um dich zu beruhigen."

Ich schaute sie mit zusammengekniffenen Augen an. Für einen Moment schien ihr Gesicht mit den Schatten hinter ihr zu verschmelzen und wurde dann wieder deutlicher, als sie sich vorbeugte. „Du … du hast mich hypnotisiert?", fragte ich ungläubig.

Sie nickte. Das schwarze Haar fiel ihr über die Augen. „Nur zur Entspannung. Das mache ich mit mir selbst auch immer. Es ist ganz leicht."

Wieder hob sie die Münze, aber ich schob ihre Hand beiseite. „Mir geht's schon viel besser", behauptete ich.

In diesem Moment kam Laura zurück und reichte mir einen Pappbecher mit kaltem Wasser. Als ich ihr den Becher aus der Hand nahm, betrachtete sie mich besorgt. „Alles okay?"

Ich nickte und nahm einen tiefen Schluck. „Mir geht's wieder gut. Bestimmt. Ich … ich weiß auch nicht, was da drin mit mir passiert ist."

Aus der Sporthalle ertönten laute Rufe, und Gelächter schallte durch den Flur.

Ich hätte auch lieber meinen Spaß gehabt, anstatt hier in der Dunkelheit zu sitzen, an meinem Wasser zu nippen und in die besorgten Gesichter meiner Freundinnen zu blicken.

„Was ist denn eigentlich passiert?", wollte Laura wissen.

Ich schüttelte ratlos den Kopf. Dann setzte ich den Becher an den Mund und trank das Wasser aus. „Das weiß ich auch nicht genau. Ich habe auf dem Spielfeld so ein Jungengesicht gesehen, das ich in letzter Zeit immer wieder zeichne. Dunkle Augen, eine Narbe in einer Braue. Eine Stupsnase. Schwarze, wellige Haare. Adriana, du hast eines der Porträts doch neulich auf meinem Schreibtisch liegen sehen! Die *Tigers* – das gesamte Team –, sie alle hatten auf einmal dieses Gesicht!"

Mir fiel auf, dass Laura vielsagende Blicke mit Adriana tauschte.

„Komische Geschichte", murmelte Adriana.

Ich atmete tief durch. „Wessen Gesicht ist das?", fragte ich die beiden. Ich sprang von den Stufen auf und packte

Laura bei den Schultern. „Ihr wisst es, oder? Sagt es mir! Auf der Stelle! Wessen Gesicht ist es?"

Adriana zog mich sanft zurück. „Du weißt, dass wir das nicht dürfen", erwiderte sie leise, aber bestimmt.

Laura senkte den Blick. „Ich wünschte, ich könnte dir helfen, Martha. Aber Dr Sayles hat uns verboten …"

„Sagt es mir! Sofort!", rief ich erregt.

„Ich denke, wir bringen dich jetzt besser nach Hause", meinte Laura besänftigend.

Die beiden führten mich untergehakt durch den Gang zurück, um das Gebäude zu verlassen. Meine Beine fühlten sich schwach und wackelig an, und ich zitterte nach meinem unheimlichen Erlebnis immer noch am ganzen Körper.

Vor dem Eingang zur Halle standen eine Menge Leute herum, die eine Kleinigkeit aßen oder sich unterhielten. Einige von ihnen riefen uns etwas zu, aber wir gingen einfach weiter.

Ich versuchte, niemanden direkt anzuschauen, weil ich Angst hatte, wieder das Gesicht des Jungen zu sehen.

Als wir an der Halle vorbei waren, bogen wir um die Ecke und steuerten den Hintereingang an, der auf den Parkplatz führt. Die Luft begann mit einem Mal merklich kühler zu werden. Ich hörte das durchdringende Geräusch des Summers, der den Beginn der zweiten Halbzeit ankündigte.

Mit einem Mal fühlte ich mich hundeelend.

Ich hatte mich so auf das Basketballspiel gefreut, und nun hatte ich mir und meinen Freundinnen den ganzen Abend verdorben.

Gerade wollte ich mich bei Laura und Adriana entschuldigen, als ich zwei Gestalten entdeckte, die ein paar Meter von uns entfernt an den Spinden lehnten. Einen Jungen und ein Mädchen. Halb verborgen von den Schatten, standen sie eng umschlungen da und küssten sich leidenschaftlich.

Der Junge hatte uns den Rücken zugewandt.

Als wir vorbeigingen, fuhr er erschrocken zusammen und wandte den Kopf. Er musste wohl unsere Schritte gehört haben.

In diesem Moment konnte ich sein Gesicht erkennen.

Ich wollte es zuerst nicht glauben.

Aber ich sah es ganz deutlich vor mir.

„Nein!", schrie ich. „Nein! Nicht du!"

16

„Martha – warte doch!", rief er und wandte sich hastig von dem Mädchen ab, das immer noch am Spind lehnte.

„Aaron …!", stieß ich ungläubig hervor.

Als er auf mich zuging, erkannte ich auch das Mädchen. Sah die rote Mähne. Das blasse, runde Gesicht. Den vollen Mund.

Justine.

Ihr Lippenstift war vom Küssen ganz verschmiert.

Aaron und Justine.

„Martha – hör mir doch mal zu …", setzte Aaron keuchend an.

Warum war er außer Atem? Von seinen leidenschaftlichen Küssen oder weil ich so überraschend aufgetaucht war?

Er atmete tief durch und setzte noch einmal an.

„Martha – lass dir doch erklären …"

Adriana schob ihn beiseite. „Nicht jetzt, Aaron", zischte sie ihm zu.

„Martha geht's nicht besonders gut", erklärte Laura und nahm meinen Arm.

„Verschwinde, Aaron", sagte Adriana mit kalter Stimme. „Und du auch, Justine. Haut einfach ab. Ich glaube kaum, dass Martha sich im Moment mit euch unterhalten möchte."

Dann zogen Laura und sie mich in Richtung Tür.

Ich sah gerade noch, wie Aaron hilflos mit den Schultern zuckte. Seine Züge waren wie erstarrt. Man konnte unmöglich sagen, was in ihm vorging.

Hatte er Schuldgefühle? Schämte er sich?

Oder war es ihm egal?

Als ich mich nach einigen Metern noch einmal kurz umdrehte, sah ich, dass Aaron und Justine sich inzwischen abgewandt hatten und wieder zurück auf die Sporthalle zugingen.

Und dann standen wir plötzlich vor der Tür. In der tiefen Dunkelheit, mitten auf dem Parkplatz.

Es kam mir vor, als würden die Kälte und die Dunkelheit mich verschlingen. Als hätte man mir den Boden unter den Füßen weggezogen.

Ich hatte Aaron hundertprozentig vertraut. War fest davon überzeugt gewesen, dass er mich nie verletzen würde.

Aaron und Justine. Das durfte einfach nicht wahr sein!

Worauf sollte ich mich jetzt noch verlassen?

Mit Schrecken wurde mir klar, dass ich ja nicht einmal mehr meiner eigenen Wahrnehmung trauen konnte.

Was für ein furchtbarer Abend – erst diese Halluzinationen und dann die entsetzten Gesichter von Aaron und Justine! Ich wünschte, ich hätte mir das auch nur eingebildet.

Ich hatte den beiden vertraut. Doch sie hatten nichts Besseres zu tun gehabt, als sich im dunklen Flur hinter der Sporthalle abzuknutschen.

Woran sollte ich jetzt noch glauben?

Ohne dass ich es richtig bemerkt hatte, waren Laura und Adriana verschwunden, und ich fand mich in meinem Zimmer an meinem Arbeitstisch wieder.

Wie hypnotisiert starrte ich in das grelle, weiße Licht meiner Schreibtischlampe. Lange Zeit saß ich einfach nur so da, dann holte ich meinen Skizzenblock hervor und begann zu kritzeln. Ich zeichnete das Gesicht des unbekannten Jungen und starrte dabei in das helle Licht, als ob es mich wärmen könnte.

Nie wieder wollte ich in diese Kälte und Dunkelheit zurück, die mich vorhin überfallen hatten.

Es tat mir gut, hier im Licht zu sitzen. Ich genoss die Helligkeit. Tauchte förmlich darin ein, badete darin.

Ich zeichnete das Gesicht. Wieder und wieder. Ohne hinzusehen.

Und während ich so in das Licht starrte, begann das Gesicht sich plötzlich zu bewegen.

Eine andere, verloren geglaubte Szene aus diesem vergessenen November tauchte auf.

Ein weiteres Stück meiner Erinnerung kehrte zurück.

Ich starrte auf die Lampe und konzentrierte mich, so sehr ich konnte.

„Werde ich dieses Mal alles sehen können? Werde ich mein Gedächtnis vollständig wiederfinden?", fragte ich mich, während ich in das kalte, weiße Licht blickte.

Erfüllt von Entschlossenheit und eisiger Furcht.

17

„Rück mir nicht so auf die Pelle", fauchte ich.

Er grinste mich frech an. Sein Gesicht war so dicht vor meinem, dass ich die Schokolade in seinem Atem riechen konnte. „Hey, das gefällt dir doch", widersprach er.

„Nein." Ich versuchte, ihn wegzuschieben, aber er hatte seinen Arm um meine Schultern gelegt und presste mich fest an sich. „Nein, es gefällt mir nicht. Hör auf damit!"

Das brachte ihn zum Lachen.

Er rückte noch näher an mich heran und küsste mich.

Jetzt konnte ich die Schokolade sogar schmecken. Er hatte vorhin einen *Mars*-Riegel gegessen. Hart presste er seine Lippen auf meinen Mund. Zu hart.

Ich versuchte zurückzuweichen, aber er hielt mich so fest an sich gedrückt, dass ich kaum Luft bekam.

Aus dem Nebenraum hörte ich die Stimmen der anderen. Ein Holzscheit zerbarst krachend im Feuer, und Justine stieß ihr hohes Lachen aus.

Warum war ich nicht bei ihnen? Warum war ich nicht bei meinen Freunden?

Warum saß ich hier in diesem dunklen Hinterzimmer der Hütte und küsste einen fremden Jungen, wenn ich doch eigentlich mit meinen Freunden zusammen sein sollte?

Und wo war Aaron?

Warum küsste ich nicht ihn?

Ich lauschte auf seine Stimme im Nebenraum. Stattdessen hörte ich Ivan, der sagte: „Hey – wie wär's, wenn mal jemand ein Holzscheit nachlegen würde, bevor das Feuer total runtergebrannt ist."

Hörte, wie Adriana ihrem älteren Bruder barsch antwortete: „Mach du es doch selbst! Sitz hier nicht nur so faul rum, und scheuch uns wie die Sklaven durch die Gegend! Wer sind wir denn?"

Ich wollte aufstehen und zu ihnen gehen. Mich ans Feuer setzen. Bei Aaron sein. *Er* war doch mein Freund. Ich hätte jetzt bei *ihm* sitzen sollen.

Aber der fremde Junge hielt mich unerbittlich fest.

Und küsste mich noch einmal. Rieb sein Gesicht grob an meinem. Tat mir weh.

„Nein. Sean – bitte."

Sein Name war Sean?

Sean?

Ich kannte diesen Namen.

Während ich in das grelle Licht der Schreibtischlampe starrte, kämpfte ich darum, mehr zu sehen. Irgendwoher kannte ich den Namen des Jungen, aber ich musste auch noch den Rest der Szene sehen, um eine Verbindung herstellen zu können.

„*Was wird als Nächstes passieren?*", fragte ich mich.

„Ich kenne deinen Namen, Sean. Aber wer bist du? Warum sitze ich hier mit dir in der Dunkelheit? Und warum küsst du mich?"

Ich versuchte, mich noch stärker zu konzentrieren. Kämpfte um meine Erinnerung.

Und dann sah ich plötzlich, wie ich Sean schließlich grob wegschubste. Er reagierte darauf mit einem lauten, wütenden Aufschrei und versetzte mir als Antwort einen harten Stoß.

Wir sprangen auf. Von seinen brutalen Küssen hatte ich immer noch den Schokoladengeschmack auf den Lippen.

Doch jetzt kämpften wir miteinander. Schubsten uns gegenseitig und brüllten uns an.

Ich konnte die Worte nicht verstehen.

Aber ich spürte meinen Ärger. *Meine heiße Wut.*

Ich stieß ihn hart gegen die Brust und verpasste ihm eine Ohrfeige.

Hörte ganz deutlich das klatschende Geräusch.

Ich konnte diese Erinnerung nicht länger ertragen. Mit zitternder Hand knipste ich die Schreibtischlampe aus. Für heute hatte ich genug gesehen. Es regte mich zu sehr auf.

Ein Zittern lief durch meinen ganzen Körper, und mein Nacken fühlte sich kühl und feucht an.

Die Szene war so deutlich gewesen, so schmerzlich klar. Ich hatte mich nicht nur an diesen Abend erinnert – ich hatte ihn noch einmal *erlebt!*

Ich wollte gerade aufstehen, als ein blinkendes rotes Licht meine Aufmerksamkeit erregte. Es war das Signal meines Anrufbeantworters, dass jemand eine Botschaft für mich hinterlassen hatte.

Hatte das Lämpchen etwa schon den ganzen Abend geblinkt?

Ich drückte auf den Knopf und lauschte dem Quietschen des sich zurückspulenden Bandes.

Ein paar Sekunden später wurde die Nachricht abgespielt. Zuerst hörte man nur Knistern und eine Menge Hintergrundgeräusche. Wie in einem Restaurant oder einem Raum voller Menschen.

Doch dann ertönte eine raue, krächzende Stimme. Das unheimliche Flüstern stammte von einem Mädchen: *„Du zeichnest ihn immer wieder, weil du ihn getötet hast."*

Ich stieß einen entsetzten Schrei aus.

Beugte mich vor, um den Rest der Nachricht zu hören.

Aber die Anruferin hatte schon aufgelegt. Ein kurzes Klicken und dann Stille.

Das Band spulte sich von alleine zurück.

Ich drückte auf den Wiedergabeknopf und umklammerte mit beiden Händen die Schreibtischkante, während ich der unheimlichen Stimme noch einmal lauschte.

„Du zeichnest ihn immer wieder, weil du ihn getötet hast."

„Oh nein, bitte nicht!", jammerte ich. „Laura – warst du das? Laura?"

Es hatte geklungen, als würde Laura ihre Stimme verstellen und mit Absicht tief und rau sprechen.

Wieder drückte ich auf den Knopf und spielte die Nachricht ab. Und noch einmal. Und noch einmal.

Du zeichnest ihn immer wieder, weil du ihn getötet hast.

Das durfte doch alles nicht wahr sein.

Laura, warst du das? Hast du mir diese furchtbare Nachricht aufs Band gesprochen?

Warum tust du mir das an?

18

„Bitte, komm herein." Frau Dr Corben hielt mir die Tür zu ihrem Sprechzimmer auf, und ich ging voraus.

Sie war eine winzige, grauhaarige Frau mit zarten, puppenhaften Gesichtszügen. Der schwarze Hosenanzug, den sie trug, saß, als wäre er ihr auf den Leib geschneidert. Ihr Alter war sehr schwer zu schätzen und lag wahrscheinlich irgendwo zwischen 40 und 60.

Ihr Büro war klein und dunkel. Jede freie Fläche war mit Bücherstapeln, dicken Mappen und Stößen von Zeitungen und Papieren bedeckt.

Sie hatte weder eine Arzthelferin noch eine Empfangssekretärin und führte die Praxis offenbar ganz alleine. Ihr dunkles, vollgestopftes Sprechzimmer wirkte irgendwie einschüchternd, und die bunte Garfield-Keksdose auf dem Schreibtisch schien völlig fehl am Platze zu sein.

Ich spürte, wie das Blut in meinen Schläfen zu pochen begann, und fühlte mich plötzlich ganz verkrampft.

„Am besten, du drehst dich um und gehst gleich wieder", schoss es mir durch den Kopf.

Aber nein. Ich war so verschreckt durch die hässliche Nachricht auf meinem Anrufbeantworter, dass ich unbedingt die Wahrheit herausfinden musste.

Das warme Lächeln der Ärztin beruhigte mich etwas. „Nimm doch Platz, Martha." Sie zeigte auf einen Holzstuhl vor ihrem Schreibtisch. „Es ist ganz schön kalt hier drinnen, nicht wahr?"

Ich nickte. „Ein wenig. Aber draußen ist es ja auch ziemlich windig."

„Ich kämpfe schon seit Ewigkeiten wegen der Heizung mit dem Vermieter", seufzte sie und ließ sich auf ihrem Schreibtischsessel nieder. Dann schob sie einen Stapel Aktenordner beiseite. „Brauchst du vielleicht einen Pullover?"

Ich trug ein großes, warm gefüttertes Sweatshirt über schwarzen Leggings. „Nein. Es geht schon. Danke." Nervös schlug ich meine Beine übereinander. Ich fühlte mich ziemlich unbehaglich.

„Was kann ich für dich tun?", fragte Dr Corben und lächelte mich wieder an.

„Ich … also … " Ich atmete tief durch und fing noch einmal von vorne an. „Ich interessiere mich für Hypnose, Dr Corben. Ich habe gehört, das ist Ihr Spezialgebiet. Ich meine, Sie hypnotisieren doch Leute, nicht wahr?"

Bevor sie antwortete, öffnete sie die mittlere Schreibtischschublade und nahm einen langen, gelben Block heraus, wie ihn auch Dr Sayles benutzte. Sie legte ihn vor sich auf die Schreibtischplatte, schrieb aber nichts auf. „Hypnose ist sozusagen ein Werkzeug, das ich benutze", erklärte sie dann und strich sich eine Strähne ihres grauen Haars aus der Stirn.

„Man kann Hypnose doch auch dafür einsetzen, Leuten zu helfen, dass sie ihr Gedächtnis wiederfinden. Oder?", fragte ich und umklammerte die hölzernen Armlehnen des Stuhls.

Sie nickte. Dann blickte sie mich mit ihren klaren, grauen Augen forschend an. „Leidest du an Gedächtnisverlust, Martha?"

„Also … ja." Ich seufzte. „Letzten November ist irgendetwas in meinem Leben passiert. Eine Art Unfall. Aber ich kann mich einfach nicht mehr daran erinnern. Nur an kleine Bruchstücke."

Ich stellte meine Beine wieder nebeneinander. Mein Herz klopfte plötzlich wie verrückt. „Ich möchte unbedingt wissen, was damals geschehen ist, Dr Corben. Können Sie mich nicht hypnotisieren, damit meine Erinnerung zurückkommt?"

Sie griff nach dem gelben Block und ließ ihre Hände an seinen Seiten entlanggleiten. „Du sagst, du hast dein Gedächtnis letzten November verloren?"

Ich nickte.

Sie kniff die Augen zusammen und beugte sich über ihren Schreibtisch. „Du bist doch sicher deswegen in Behandlung, nicht wahr?"

Wieder nickte ich. „Ja, aber ..."

Sie hob eine Hand, um mich zu unterbrechen. „Hast du einen Brief von deinem Arzt mitgebracht? Oder irgendwelche Anweisungen?"

„Nein. Er weiß nichts von meinem Besuch bei Ihnen", platzte ich heraus.

Dr Corben ließ sich in ihren Schreibtischstuhl zurücksinken. „Nun ja, ich nehme an, ich könnte mit ihm telefonieren. Aber du musst einsehen, dass wir nicht mit der Behandlung beginnen können, bis ich nicht mit ihm gesprochen und alle Einzelheiten erfahren habe. Das wäre nicht richtig. Genauer gesagt, könnte es sich sogar als ziemlich schädlich für dich erweisen."

„Nein. Bitte ...", begann ich. Ich wusste, dass Dr Sayles damit nicht einverstanden wäre. Bestimmt würde er sich darüber aufregen, dass ich hierher gekommen war, ohne ihm etwas davon zu sagen.

Dr Corben klopfte mit ihrem Stift rhythmisch auf den Block. „Wie bist du eigentlich auf mich gekommen, Martha? Woher wusstest du, dass ich meine Patienten mit Hypnose behandle?"

„Von meiner Freundin Adriana", erklärte ich ihr. „Adriana Petrakis."

„Oh ja. Natürlich." Dr Corben lächelte wieder. „Sie hat Schlafstörungen."

„Sie haben ihr sehr geholfen", sprudelte ich atemlos hervor. „Adriana hat mir erzählt, dass Sie ihr gezeigt haben, wie man sich selbst hypnotisieren kann. Bei ihr funktioniert es prima. Neulich Abend habe ich mich bei einem Basketballspiel ziemlich aufgeregt. Da hat Adriana mich hypnotisiert und …"

„Sie hat *was*?" Dr Corben sprang auf, ihr Gesicht vor Schreck ganz verzerrt. „Sag das noch mal!"

„Na ja, sie hat eine Münze dazu benutzt und dabei beruhigend auf mich eingesprochen. Ich glaube, es hat funktioniert, denn …"

„Dazu hatte sie kein Recht!", rief Dr Corben empört aus. „Das ist eine gefährliche Angelegenheit, Martha. Adriana hat weder die Erfahrung noch das Wissen, um jemanden zu hypnotisieren. Sie weiß überhaupt nicht, worauf sie sich da einlässt. Du darfst nicht zulassen, dass sie das noch einmal bei dir macht!"

„Es … es tut mir leid", stotterte ich und schluckte.

„Oh nein", dachte ich und spürte, wie sich mein Magen vor Schreck verkrampfte. „Jetzt habe ich Adriana auch noch einen Haufen Ärger eingebrockt."

„Sie wollte mir doch bloß helfen", wandte ich ein. „Und ich glaube, das hat auch tatsächlich geklappt."

Dr Corben schien mir überhaupt nicht zuzuhören. „Ich werde sie so schnell wie möglich anrufen", knurrte sie verstimmt. „Ich muss unbedingt mit Adriana und ihren Eltern sprechen."

Ich stieß ein frustriertes Stöhnen aus. „Und was ist mit mir?", platzte ich mit hoher, schriller Stimme heraus.

„Werden Sie mich nun hypnotisieren und mir helfen, meine Erinnerung wiederzufinden?"

Dr Corben schüttelte den Kopf und schaute mich mitfühlend an. „Ich würde ja gerne etwas für dich tun, Martha", sagte sie sanft. „Aber zuerst muss ich mit deinem Arzt sprechen. Und mit deinen Eltern. Ich brauche ihre Erlaubnis, bevor …"

Ich wartete nicht, bis sie zu Ende gesprochen hatte, sondern sprang so hastig vom Stuhl auf, dass er umkippte und mit der Rückenlehne auf den Boden krachte. Enttäuscht drehte ich mich um und rannte weg, ohne mich zu verabschieden.

Hinaus aus dem schmuddeligen, vollgestopften Sprechzimmer. Durch das winzige, dunkle Wartezimmer. Und aus der Eingangstür des heruntergekommenen Gebäudes.

Dunkle Wolken hingen tief am Himmel. Die Luft fühlte sich kühl und feucht an.

Gierig atmete ich ein paarmal tief durch. Als ich gerade auf meinen Wagen zugehen wollte, löste sich eine Silhouette von der Hauswand und versperrte mir den Weg.

„Martha – warte!", rief mir jemand zu.

Ich erstarrte, als eine männliche Gestalt aus den Schatten trat.

„Sean?"

Meine Knie gaben unter mir nach.

Ich spürte, wie ich schwankte, und fürchtete einen Moment lang, hier auf dem Bürgersteig ohnmächtig zu werden.

Er kam die letzten Schritte auf mich zu.

Aber es war gar nicht Sean.

Es war Aaron.

„Aaron, was zum Teufel machst du denn hier?", stieß ich mit erstickter Stimme hervor.

Er trug eine braune Bomberjacke aus Leder über einem schwarzen Flanellhemd. Die Jacke öffnete sich, als er auf mich zulief, und das dunkle Haar wehte um seinen Kopf.

„He, Martha." Er blieb direkt vor mir stehen, und sein Atem schwebte in kleinen, weißen Wölkchen vor seinem Mund. Er strich sich mit beiden Händen die Haare zurück und stieß dann atemlos hervor: „Ich möchte es dir erklären."

Ich spürte, wie sich meine Kehle zusammenschnürte. Wahrscheinlich zum tausendsten Mal sah ich wieder vor mir, wie er Justine in dem dunklen Flur küsste. Justine. Meine Freundin.

Aaron und Justine.

Ich musterte ihn mit kaltem Blick. Und spürte im selben Moment, dass sich meine Gefühle für ihn verändert hatten.

Er war mir zwar wichtig. Vielleicht liebte ich ihn sogar immer noch.

Aber ich traute ihm nicht mehr.

„Ich möchte es dir erklären", wiederholte er und legte mir eine Hand auf die Schulter. Aber ich trat einen Schritt zurück, um sie wieder abzuschütteln.

„Na, dann leg mal los", forderte ich ihn auf. Zu meinem Ärger zitterte meine Stimme, obwohl ich mir Mühe gab, kalt und hart zu klingen.

„Justine und ich können diese Heimlichkeiten nicht mehr ertragen", sagte Aaron und sah mich mit seinen dunklen Augen gequält an. „In gewisser Weise bin ich sogar froh, dass du uns erwischt hast."

„Justine und du …?" Der Schmerz in meiner Stimme war deutlich zu hören. Seine Worte gingen mir durch und durch und waren schneidender als der eiskalte Wind.

Er nickte. „Wir wollten dich nicht verletzen, Martha. Aber wir sind schon seit mehreren Monaten zusammen."

„Haben Justine und ich uns deswegen oben bei den Hütten gestritten?", fragte ich.

Wieder nickte Aaron. „Du weißt es wieder?"

„Ja, an manche Dinge erinnere ich mich", versetzte ich kühl. „Aber Aaron, wir beide, du und ich ...?" Meine Stimme wurde immer leiser, bis ich schließlich ganz verstummte. Ich wusste nicht, was ich sagen sollte. Ich fühlte mich zutiefst verletzt. Doch dann machte meine Traurigkeit unbändiger Wut Platz.

„Es tut mir wirklich leid", murmelte er und senkte den Blick. „Wir wissen schließlich, dass du dich immer noch nicht wieder von dem Schock erholt hast. Nachdem das damals passiert ist ..."

Ich glaube, das war der Moment, in dem ich ausgerastet bin. Mit beiden Händen packte ich seine Schultern und schüttelte ihn kräftig. „Nachdem *was* passiert ist?", brüllte ich ihn an. „Sag's mir, Aaron! Und zwar jetzt sofort! Was ist passiert? Was war mit Sean?"

Vor Schreck fiel ihm der Unterkiefer herunter. Er griff nach meinen Händen und hielt mich fest, damit ich aufhörte, ihn durchzuschütteln. „Du ... du erinnerst dich an ... Sean?", stammelte er.

Aaron trat einen Schritt zurück. Er torkelte leicht, als ob ihn der Schock überwältigt hätte. „Du erinnerst dich an Sean?", fragte er noch einmal.

Ich nickte und betrachtete sein erschrockenes Gesicht.

„Weshalb ist er so entsetzt?", dachte ich. „Warum macht es ihm solche Angst, dass ich anfange, mein Gedächtnis wiederzufinden?"

„Erzähl mir, was geschehen ist, Aaron!", drängte ich noch einmal. „Und zwar jetzt!"

„Ich ... ich kann nicht", stotterte er und wandte sich ab. „Es ist zu ... schrecklich."

116

19

Als ich am Mittwoch nach Schulschluss auf dem Weg zu meinem Spind war, hörte ich laute Rufe.

Ich bog um die Ecke und sah zwei Jungen, die miteinander kämpften und sich gegenseitig durch den Flur schubsten. Eine aufgeregte Menge hatte sich um die beiden versammelt. Die Schüler brüllten durcheinander und feuerten die beiden an.

Plötzlich ertönte ein wütender Schrei, und im nächsten Moment knallte einer der Jungen rückwärts gegen einen Metallspind. Das Geräusch des Aufpralls übertönte sogar die aufgeregten Rufe der Menge.

Als ich auf sie zulief, hatten sich die Jungen gerade wieder gepackt. Ein harter Schlag ließ den Kopf des einen zurückschnellen.

Einige der Zuschauer schrien entsetzt auf.

Blut tropfte auf den Boden und bildete eine kleine Pfütze.

Als ich aufblickte, sah ich Ivan, der sich mit voller Wucht auf einen Jungen warf, den ich nicht kannte.

Das Blut strömte über Ivans Kinn und befleckte die Vorderseite seines grauen Hemds.

„Ivan – hör auf!", kreischte ich entsetzt.

Die beiden lagen jetzt ächzend und schnaufend auf dem Boden und schlugen aufeinander ein. Ivans Gesicht war hochrot angelaufen, und der Schweiß stand ihm auf der Stirn. Er umklammerte die Kehle seines Gegners mit beiden Händen.

Mit einem Satz war ich bei ihm und griff nach seinen

Schultern – entschlossen, ihn von dem fremden Jungen wegzuziehen.

Ivans Hände legten sich immer fester um den Hals des anderen. Er würgte ihn mit aller Kraft.

Die beiden rollten von mir weg.

„Ivan – hör sofort auf!", schrie ich, so laut ich konnte. „Stopp!"

Und dann waren da plötzlich noch andere Hände, die an den beiden Streithähnen zerrten. Strenge Stimmen. Schroffe Rufe.

Als ich mich aufrappelte, entdeckte ich Mr Hernandez, den Rektor, der Ivan wegzerrte.

Der fremde Junge lag auf dem Rücken und rieb sich stöhnend den Hals. Sein Jeanshemd war vorne mit Blut beschmiert. Ich fragte mich, ob es wohl seines war oder das von Ivan.

Es war schwer zu sagen. Verwirrt starrte ich auf die vielen Gestalten, die aufgeregten Gesichter. Zwei Lehrer halfen dem Jungen wieder auf die Beine. Er stöhnte und berührte sein zerschundenes Kinn.

„Worum ging's denn eigentlich?", fragte jemand hinter mir.

„Ivan hat angefangen", murmelte ein Mädchen.

„Und wer war der andere Junge?"

„Ich glaube, er geht gar nicht auf unsere Highschool."

„Warum haben sie miteinander gekämpft?"

„Sieh doch mal. Einer der beiden hat einen Zahn verloren."

„Iih, wie eklig!"

Ich entfernte mich ein Stück von der aufgeregten Unterhaltung, weil ich es nicht länger ertragen konnte zuzuhören.

Es tat mir furchtbar leid für Ivan.

Als ich um die Ecke bog, sah ich, wie Mr Hernandez ihn den Flur entlangzerrte. Ivan hielt den Kopf gesenkt, und das schwarze Haar hing ihm vors Gesicht.

„Wie ein Verbrecher", dachte ich.

Mein Freund. Adrianas Bruder.

Abgeführt wie ein Verbrecher.

Ich seufzte. „Ivan – was ist nur mit dir los?"

Ich war gerade zur Haustür hereingekommen, als das Telefon klingelte. Hastig warf ich meinen Rucksack in die Ecke und stürmte hin, um den Hörer abzunehmen.

„Hallo?", meldete ich mich atemlos und zog mir mit der freien Hand die Jacke aus.

„Martha, ich bin's."

Es war Laura.

„Hast du schon das mit Ivan gehört? Er ist wegen einer Rauferei von der Schule suspendiert worden", sprudelte Laura aufgeregt und mit rasender Geschwindigkeit hervor.

„Ich war sogar dabei, als sie sich geprügelt haben", antwortete ich. Dann ließ ich meine Jacke zu Boden fallen und ging ein Stück weiter. „Es war ein ziemlich übler Kampf."

„Das glaube ich", antwortete Laura. Ich konnte mir lebhaft vorstellen, wie sie jetzt die Augen verdrehte. „Hernandez hat ihn für zwei Wochen der Schule verwiesen, und seine Eltern müssen morgen zum Gespräch antanzen."

„Wow", murmelte ich. „Darüber werden sie bestimmt nicht sehr glücklich sein."

„Worum ging's denn bei der ganzen Sache eigentlich?", erkundigte sich Laura neugierig.

Ich nahm den Hörer in die andere Hand, setzte mich auf den Boden und lehnte mich mit dem Rücken gegen die

Wand. „Keine Ahnung. Als ich auftauchte, waren sie schon aufeinander losgegangen."

„Der andere Junge kommt von der Drake Academy", informierte mich Laura. „Er geht also nicht mal auf unsere Highschool. Er ist einer von Ivans Freunden aus …"

„Ein schöner Freund!", unterbrach ich sie. „Die beiden hätten sich beinahe gegenseitig umgebracht!"

Laura stöhnte auf. „Ich kann einfach nicht glauben, dass ich mal mit Ivan zusammen war. Wenn ich nur daran denke, bekomme ich schon eine Gänsehaut. Er ist ja die reinste Bestie! Ich bin wirklich froh, dass ich mit ihm Schluss gemacht habe."

Plötzlich hatte ich wieder ein Flashback. Es kam so überraschend, dass ich beinahe den Hörer fallen ließ.

„Laura …", rief ich aufgeregt und musste erst mal schlucken. „Du hast dich von Ivan getrennt, weil du dich in Sean verknallt hattest!"

Ich hörte, wie sie am anderen Ende der Leitung nach Luft schnappte, und wartete auf ihre Antwort. Aber es blieb still.

„Laura, sag doch was!", drängte ich. Die Erinnerungen fluteten zurück, und ich sah plötzlich gestochen scharfe Bilder.

„Martha – du erinnerst dich an Sean?", sagte Laura nach einer Weile mit piepsiger Stimme.

„Du hast dich im letzten November von Ivan getrennt", erzählte ich ihr und schloss die Augen, um die Szene in meinem Kopf deutlicher sehen zu können.

„Ja, ich …", setzte Laura an.

Aber ich ließ sie nicht zu Ende reden, weil ich nicht wollte, dass sie den Fluss meiner Erinnerungen unterbrach.

„Du hast auf der Hütte mit ihm Schluss gemacht, und

Ivan hat sich so aufgeregt, dass Sean und er beinahe aufeinander losgegangen wären."

„Ja, das stimmt." Lauras Stimme klang plötzlich kalt und distanziert. „Aber ich möchte nicht darüber sprechen", fügte sie hinzu.

„Du *musst* mit mir darüber reden!", rief ich aufgebracht. „Du musst es mir erzählen, Laura!"

„Nein!", beharrte sie. „Das werde ich nicht tun. Ich kann nicht. Ich lege jetzt auf, Martha."

„Warte!", rief ich. „Hast du mich neulich angerufen? Hast du mir diese Nachricht auf den Anrufbeantworter gesprochen?"

„Ich werde jetzt auflegen", wiederholte Laura. „Wirklich."

„Laura – antworte mir!"

„Ruf mich später an", sagte sie atemlos. „Ich muss los. Wir reden nachher noch mal, okay? Tschüss."

Und dann war die Verbindung unterbrochen. Ich saß mit dem Hörer in der Hand da und starrte die Wand an. Die weiße Wand.

Und wieder überschwemmte mich eine Flut von Bildern. Ich schloss meine Augen und konzentrierte mich.

Die Szenen waren so klar, so lebendig.

Und mit einem Mal war ich ganz sicher, dass ich mich heute an alles erinnern würde.

An den Spaß.

An den Ärger.

An das Entsetzen.

20

Als Ivan den Schlitten zurück zur Hütte zog, warf sich Sean plötzlich bäuchlings darauf. „Na, los! Zieh mich, Mann!", rief er und grinste zu Ivan hinauf.

Ivan grinste zurück. „Das könnte dir so passen. Dich schubs ich höchstens den Berg runter!" Er ließ das Seil in den Schnee fallen. „Steig ab, Sean! Du glaubst doch wohl nicht im Ernst, dass ich dich den Hügel raufschleppe."

Sean lachte und ließ sich vom Schlitten in den tiefen Schnee rollen. Dann schnappte er sich zwei Hände voll und schleuderte sie auf Ivan. „Überleg's dir lieber noch mal."

Ich war nur ein kleines Stück hinter den beiden und zog einen alten Holzschlitten hinter mir her. Meine Beine schmerzten schon, weil ich den ganzen Nachmittag gerodelt war. Bestimmt würde ich am nächsten Tag einen furchtbaren Muskelkater haben.

Auch die anderen waren immer wieder auf ihren Schlitten den Hügel hinuntergesaust. Justine, Adriana und Laura. Aaron, Ivan und Sean.

Sean gehörte nicht so richtig zu unserer Gruppe. Na ja, oder vielleicht konnte man sagen, er war das neueste Mitglied.

Er war ein Freund von Ivan. Ich glaube, die beiden hatten sich bei einem Bowlingturnier oder so kennengelernt. Obwohl Sean in Shadyside wohnte, ging er nicht mit uns zur Highschool.

Ich mochte Sean. Mit seinen dunklen Augen, dem ernsten Gesichtsausdruck und der kleinen, weißen Narbe, die seine Augenbraue spaltete, wirkte er richtig interessant – fand ich jedenfalls. Wenn die Narbe nicht gewesen wäre, hätte er schon fast zu gut ausgesehen.

„Stapelt die Schlitten an der Wand auf", wies uns Adriana an.

Sie war diejenige, die an diesem langen Wochenende die Verantwortung für alles hatte. Ihren Eltern gehörten nämlich die Hütten, in denen wir wohnten. Allerdings benutzten sie sie nie.

„Wahrscheinlich sind sie zu beschäftigt damit, sich zu streiten", dachte ich mit einem Anflug von Traurigkeit.

Adriana kümmerte sich um alles Organisatorische, obwohl Ivan natürlich genauso zuständig war. Aber es lag ihm überhaupt nicht, irgendwelche Anweisungen zu geben. Auch bei praktischen Dingen war er keine große Hilfe, weil er zwei linke Hände hatte.

Ivan verdrückte sich, wo er nur konnte, um mit Laura alleine zu sein.

Ich zog meinen Schlitten bis zur Hütte, und Aaron half mir, ihn auf den Stapel zu den anderen zu hieven. Dann lächelte er mich an. „Das Rodeln war irre, nicht?"

Ich wollte ihm etwas antworten, aber er hatte sich schon abgewandt und ging zu Justine und Laura hinüber.

„Und jetzt Ski fahren!", rief irgendjemand.

„Yeah! Lasst uns die Pisten unsicher machen!"

Direkt neben den Hütten befand sich eine sanft abfallende, schmale Abfahrt.

„Was für ein Luxus!", dachte ich. „Eine eigene Skipiste!"

Ich blickte mich um. Justine und Adriana hatten den Holzschuppen geöffnet, der an eine der Hütten angebaut war, holten Skier und Skistöcke heraus und warfen sie hinter sich in den Schnee. Ivan und Laura standen sich vor der

Hütte der Jungen gegenüber und stritten sich hitzig über irgendetwas.

Aaron war in der Hütte verschwunden. Nach einer Weile stapfte Laura wütend davon, und Ivan und Sean begannen wieder, sich mit Schnee zu bewerfen.

Ich atmete tief durch. Die Luft duftete wunderbar frisch und harzig. Es war Nachmittag, aber die Sonne stand noch hoch am wolkenlosen, blauen Himmel.

„Na los! Auf die Skier!", drängte Adriana und rief alle zum Schuppen. „Wenn wir zum Abendessen in die Stadt wollen, müssen wir langsam mal loslegen."

Ich blickte den Hang hinab. Die Piste sah nicht schwierig aus. Sie war schmal, nicht allzu steil und führte zwischen zwei Reihen hoher Tannen hindurch.

Sogar für eine Anfängerin wie mich schien die Abfahrt ziemlich leicht zu sein.

„Wer macht den Anfang?", rief Laura, die auf Skiern wieder aufgetaucht war.

Ich sah, wie Aaron aus der Hütte der Jungen trat und über den Schnee auf uns zukam. Er war ein erfahrener Skiläufer. Mir war klar, dass dieser Hang für ihn keine große Herausforderung bedeutete.

„Wir müssen nacheinander fahren", erklärte Adriana. „Die Piste ist zu schmal für zwei Läufer."

Als ich mich umdrehte, sah ich, wie Aaron Ivan zu den Skiern zerrte. Dabei rief er laut: „Seht mal, Leute – wir haben einen Freiwilligen!"

Ivan verzog das Gesicht und riss sich ärgerlich los. Ich sah, dass Aaron über seine Reaktion erstaunt war. Ivan spuckte in den Schnee und zischte ihm etwas zu.

„Hey – was ist denn mit dir los?", fragte Aaron.

Laura war zu Justine hinübergegangen, und die beiden unterhielten sich mit ernsten Gesichtern.

„Wer fährt denn nun als Erster?", fragte Aaron kleinlaut.

„Ich finde, Martha sollte anfangen!", antwortete Adriana. Sie grinste mir zu und reichte mir ein Paar Skier.

„Warum denn ich?", wollte ich wissen.

„Weil du der heutige Rodel-Champion bist", erklärte sie. Justine und Laura johlten und klatschten.

„Du hast den ersten Platz gemacht", fuhr Adriana fort.

„Willst du mich auf den Arm nehmen? Ich bin dreimal vom Schlitten gefallen!", rief ich. „Und außerdem bin ich beinahe in diesen Baum gekracht!"

„Ich fahre als Zweiter", kündigte Sean an, der plötzlich neben uns Mädchen stand.

„Gut. Dann kannst du mich ja retten, wenn ich mir das Bein gebrochen habe", seufzte ich voller Galgenhumor.

Als ich mich hinkniete, um die Skier zu befestigen, begann mein Herz aufgeregt zu hämmern. Ich war in meinem ganzen Leben erst zwei- oder dreimal Ski gelaufen und stand nicht besonders sicher auf den Brettern.

Ich hatte Angst, dass ich mich vor meinen Freunden total blamieren würde.

Irgendwie kam ich mit der Bindung nicht zurecht. Ich drehte mich Hilfe suchend um und bemerkte, dass alle mich aufmerksam beobachteten.

„Wie wär's, wenn erst mal jemand anders fährt?", rief ich ihnen zu. „Ich bekomme die Bindung nicht fest."

„Okay. Ich mach den Anfang!", brüllte Sean.

Endlich gelang es mir, die Riemen zu befestigen und stramm zu ziehen. Ich richtete mich auf, um Sean bei der Abfahrt zuzusehen.

Unsicher bewegte ich mich zu der Stelle hinüber, wo der Hügel abfiel und die Piste begann. Es knirschte, als ich mit den Skiern über den verharschten Schnee glitt.

Sean stieß sich mit den Skistöcken ab und schoss los.

Der Hang war steiler, als ich gedacht hatte. Sean beugte sich weit nach vorne und wurde immer schneller. Er fuhr über einen Buckel in der Piste, schaffte es aber, das Gleichgewicht zu halten, und legte noch einmal an Tempo zu.

Und dann entdeckte ich direkt vor ihm eine silberne Linie.

Eine dünne, silberne Linie, die quer über die Piste lief.

Wie ein glänzender Faden, der sich gegen den weißen Schnee abhob und im Sonnenlicht schimmerte.

Verwirrt starrte ich darauf. Versuchte herauszufinden, was es war.

Es sah aus, als hätte jemand einen silbernen Stift genommen und von einer Tanne zur anderen quer über die Piste einen geraden Strich gezogen.

Ich brauchte eine Weile, bis mir klar wurde, dass es sich um einen Draht handelte.

Und als ich es endlich kapiert hatte, war es zu spät, um zu schreien.

Zu spät, um Sean zu warnen.

Zu spät, um mich auch nur zu bewegen.

Eine Sekunde später fuhr Sean direkt in den Draht hinein, der ungefähr in Höhe seiner Oberschenkel gespannt war.

Starr vor Entsetzen, hörte ich, wie er einen lauten Schrei ausstieß, bevor er stürzte.

Durch den Draht im vollen Lauf gebremst, überschlug er sich immer wieder.

Vor meinen Augen leuchtete ein Wirbel von Farben auf, die ineinander verschwammen.

Sein leuchtend blauer Skianzug, der rote Schal und der weiße Schnee vermischten sich zu einem bunten, undeutlichen Fleck.

Wie hypnotisiert starrte ich auf die unwirkliche Szene.

Und dann gab es ein furchtbares, knackendes Geräusch.

Für einen Moment schien die Zeit stillzustehen.

Als sich die Wolke aus aufgewirbeltem Schnee gelegt hatte, bot sich uns ein schreckliches Bild.

Seans regloser Körper lag am Fuß einer großen Tanne.

Den Kopf in einem unmöglichen Winkel verdreht, schien er uns aus weit aufgerissenen, leeren Augen anzustarren.

21

Endlich erinnerte ich mich. Erinnerte mich an alles.

Ich starrte auf meinen Schreibtisch, der mit Zeichnungen von Sean bedeckt war. Starrte hinunter auf seine ernsten Züge.

Vor meinem inneren Auge sah ich wieder sein gut aussehendes Gesicht, das sich deutlich von dem weißen Hintergrund abhob. Ein dünnes Rinnsal Blut sickerte in den Schnee. Seine dunklen Augen schienen uns den Hang hinauf anklagend anzustarren.

Ich schlang die Arme um mich, um das unkontrollierte Zittern meines Körpers zu stoppen.

Aber die eisigen Schauder, die durch meinen Körper liefen, wollten einfach nicht aufhören. Mir war kalt, und ich war geschockt und total verängstigt.

Als würde ich auf einmal wieder im Schnee oben am Hang stehen und voller Entsetzen auf die dünne, silberne Linie starren.

Hilflos.

Hilflos und zu Tode erschrocken.

Ich hatte mein Gedächtnis wiedergefunden. Die Erinnerung war so gestochen scharf, dass mir ganz übel wurde.

Mit beiden Händen wischte ich mir die Tränen von den Wangen. Bis jetzt hatte ich noch gar nicht gemerkt, dass ich weinte.

Doch nun begann ich, laut zu schluchzen, so heftig, dass ich kaum noch Luft bekam.

Armer Sean.

Und dann fiel mir plötzlich noch etwas ein.

Am Abend vor seinem Tod hatte ich im Hinterzimmer der Hütte einen hässlichen Streit mit ihm gehabt.

Und am nächsten Tag war er gestorben.

Irgendwann kam die Polizei. Ich erinnerte mich jetzt wieder ganz deutlich, wie sich ihre dunklen Uniformen gegen den Schnee abgehoben hatten.

Erinnerte mich an ihre ernsten Gesichter, die von der Kälte gerötet waren. An ihre Augen, die mich fixierten und prüfend musterten.

Erinnerte mich an ihre Fragen. Ihre endlosen Fragen.

Sie verhörten uns stundenlang.

Und dann?

Was dann geschehen war, wusste ich nicht mehr.

Aber ich hatte mehr als genug in mein Gedächtnis zurückgerufen.

Aaron hatte recht gehabt. Ich war wirklich besser dran gewesen, bevor diese schreckliche Erinnerung wiedergekommen war.

Ich schlang die Arme noch fester um mich und versuchte, das Zittern zu unterdrücken.

Und dann klingelte das Telefon.

Es war Adriana.

„Ich habe mein Gedächtnis wiedergefunden!", platzte ich heraus. „Adriana, mir ist alles wieder eingefallen – gerade eben!"

„Oh, das tut mir so leid", flüsterte sie. „Es ist entsetzlich, nicht wahr? Du musst dich furchtbar fühlen, Martha."

„Ja", stieß ich hervor. Ich wollte noch etwas sagen, aber mir blieben die Worte im Halse stecken.

„Es war für uns alle entsetzlich", murmelte Adriana in den Hörer. „Seit damals …"

„Adriana – der Draht!", unterbrach ich sie. „Glaubst du, dass jemand geplant hatte, einen von uns zu töten?"

Es blieb eine Weile still. Dann sagte sie langsam: „Das weiß niemand so genau, Martha."

„Was?", rief ich ungläubig. „Aber die Polizei war doch da. Haben sie denn nicht herausgefunden, was passiert ist?"

Adriana seufzte. „Die Polizisten haben ewig gebraucht, bis sie oben bei der Hütte waren. Wir waren alle völlig außer uns und riefen und schrien durcheinander. Arme Laura. Sie mussten ihr sogar ein Beruhigungsmittel geben. Und Ivan ist beinahe durchgedreht."

„Aber die Polizei ...", setzte ich noch einmal an.

„Sie haben uns verhört und den Draht genau untersucht. Dann haben sie ihn abgenommen und in ihr Labor gebracht. Aber sie haben nicht herausfinden können, wer ihn gespannt hat. Oder warum."

Tränen rollten mir über die Wangen, aber ich machte keinen Versuch, sie wegzuwischen. Angespannt lauschte ich Adrianas Worten.

Und dann merkte ich, dass auch sie angefangen hatte zu weinen. Kurze, abgehackte Schluchzer drangen durch den Hörer. „Ich ... ich ... weiß auch nicht", stammelte sie. „Es war alles so schrecklich. Der reinste Albtraum, Martha."

Dann herrschte einen Augenblick Stille, während sie versuchte, sich wieder zu fassen.

Nach einer Weile fuhr sie mit zitternder Stimme fort: „Ich bin bis jetzt nicht darüber hinweggekommen. Seit damals kann ich nicht mehr schlafen. Jede Nacht liege ich wach und erlebe diesen Albtraum wieder und wieder."

„Adriana ...", begann ich.

Doch sie schluchzte laut auf und redete einfach weiter. „Ich habe Probleme, mich zu konzentrieren. In der Schule bekomme ich überhaupt nichts mehr mit und kann deswegen auch meine Hausaufgaben nicht machen. Meine Noten sind total in den Keller gerutscht. Ich kann gar keinen klaren Gedanken mehr fassen."

Plötzlich überlief mich ein eiskalter Schauder, und ich ließ vor Schreck fast den Hörer fallen. Mit meiner schweißfeuchten Hand umklammerte ich ihn fester. „Adriana", stieß ich hervor. „Du glaubst doch nicht, dass einer von *uns* Sean getötet hat – oder?"

„Na, was denkst *du* denn?", rief sie mit erhobener Stimme. Es klang, als wäre sie wütend. „Außer uns war doch niemand da! Wir waren die Einzigen dort oben auf dem Hügel. Wer hätte den Draht denn sonst spannen sollen?"

Der Draht.

Der silberne Draht.

Ich sah ihn ganz deutlich vor mir, während ich versuchte, Adrianas Worte zu verarbeiten.

Wer hätte den Draht denn sonst spannen sollen?

Außer uns war niemand dort oben gewesen. Wir waren die Einzigen.

Die Einzigen, die Sean hätten töten können.

„Ich komm rüber zu dir", sagte Adriana plötzlich und riss mich aus meinen Gedanken. Ihre Stimme bebte vor Mitgefühl. „Jetzt gleich. Ich hab mir solche Sorgen um dich gemacht, Martha. Die letzte Zeit muss furchtbar für dich gewesen sein – erst dein Gedächtnis zu verlieren und dann immer wieder Seans Gesicht zu zeichnen."

„Ja. Ich … ich habe zuerst überhaupt nichts verstanden", seufzte ich. „Es hat so lange gedauert, bis ich das ganze Puzzle zusammensetzen konnte. Bis ich all meine Erinnerung wiedergefunden hatte."

In meinem Kopf begann sich eine Frage zu regen, die ich mir lieber nicht stellen wollte.

Warum hatte ausgerechnet *ich* das Gedächtnis verloren? Wieso nicht einer meiner Freunde?

Warum hatte mich Seans Tod offenbar härter getroffen als die anderen? Weshalb hatte ich als Einzige das schreckliche Erlebnis aus meiner Erinnerung verdrängt?

War es wegen des Streits, den ich mit Sean in der Nacht vor seinem Tod gehabt hatte? Hatte ich Schuldgefühle, weil ich mich an seinem letzten Abend nicht mit ihm vertragen hatte?

Warum? Warum?

Das war eine Frage, die ich nicht beantworten konnte.

Aber vielleicht würde Adriana mir dabei helfen.

„Ja, bitte. Komm rüber. Am besten sofort", bat ich.

„Bin schon unterwegs", sagte sie leise und legte auf.

Ich ließ den Hörer sinken und versuchte nachzudenken. Die Gedanken wirbelten wie verrückt durch meinen Kopf.

Wer hatte einen Grund gehabt, Sean zu töten?

Wer wollte, dass er starb?

Ivan? Nein. Ivan war Seans Freund gewesen. Schließlich hatte er ihn ja in unsere Clique gebracht.

Aaron? Laura? Justine?

Nein. Natürlich nicht.

Alle hatten Sean gemocht. Alle.

Langsam stand ich auf und ging zu meinem Schrank. Ich wollte mich noch umziehen, bevor Adriana kam.

Ganz in Gedanken nahm ich ein Paar ausgeblichene Jeans von dem Bord, das an der Rückwand des Schranks angebracht war.

Ich war wirklich froh, dass Adriana beschlossen hatte vorbeizukommen. Vielleicht konnten wir jetzt endlich ein langes Gespräch führen und uns einiges von der Seele reden.

Für mich war es wichtig, mit jemandem über alles sprechen zu können. Und ich wusste, dass es auch Adriana guttun würde.

Die Ärmste war völlig fertig mit den Nerven. Sie machte wirklich eine schlimme Zeit durch. Ihre Eltern bekämpften sich bis aufs Messer, und ihr Bruder war von der Schule beurlaubt und auf dem besten Weg, sein Leben zu ruinieren.

Plötzlich riss mich das Zuschlagen einer Autotür aus meinen Gedanken.

Vor Schreck ließ ich die Jeans fallen.

Ich kniete mich hin, um sie vom Schrankboden aufzuheben. Dabei fiel mein Blick auf eine braune Reisetasche aus Segeltuch.

„Oh!" Mir fiel auf einmal wieder ein, dass ich diese Tasche mitgehabt hatte, als wir im letzten November zu den Hütten gefahren waren.

„Was macht sie denn hier hinten in meinem Schrank?", fragte ich mich verwundert. Hatte ich etwa vergessen, sie auszupacken? Hatte ich die Tasche einfach dort abgestellt und dann nicht mehr an sie gedacht?

Ich zerrte sie aus dem Schrank und ließ sie auf den Boden fallen. Meine Hand zitterte, als ich den Reißverschluss öffnete.

Die Tasche war noch fast voll. Ich zog zusammengelegte Jeans und zerknitterte Pullover hervor. Zwei Paar Leggings.

Völlig verwirrt stellte ich fest, dass ich das Gepäckstück nach meiner Rückkehr offenbar wirklich nicht mehr geöffnet hatte.

Wahrscheinlich war ich damals so aufgeregt und durcheinander gewesen, dass ich es einfach in den Schrank geschoben und dort vergessen hatte.

Ich zog noch mehr Klamotten heraus. Einen Kulturbeutel. Meinen alten Fön.

Und dann …

„Nein!" Ich schrie laut auf, als mein Blick darauf fiel. Es war ein schriller Entsetzensschrei.

Auf dem Boden der Tasche, ganz in die hinterste Ecke geschoben, lag etwas Glänzendes.

Draht.

Silberner Draht.

Straff aufgerollt.

Und direkt daneben eine Drahtschere.

War das der Draht, der Sean getötet hatte?

Ich starrte wie hypnotisiert in die Tasche – unfähig, mich zu rühren oder meinen Blick abzuwenden.

Und auf einmal wusste ich es.

Wusste, wer Sean getötet hatte.

Ich war es gewesen.

Du zeichnest ihn immer wieder, weil du ihn getötet hast.

22

Ich hörte, wie die Haustür geöffnet wurde und Mom sich unten mit Adriana unterhielt.

Aber ich konnte mich immer noch nicht bewegen.

Geschockt starrte ich auf den silbernen Draht in der Tasche.

In meinem Kopf wiederholte ich nur ein einziges Wort: *Warum? Warum? Warum?*

Es übertönte die Stimmen, die von unten heraufdrangen. Übertönte das Hämmern meines Herzschlags und meine abgehackten, keuchenden Atemzüge.

Warum? Warum? Warum?

Warum hatte ich Sean getötet?

Ich schloss die Augen und zwang mich, an den Abend in der Hütte zu denken.

Ich wusste nur noch, dass ich ihn weggeschubst hatte, weil er immer wieder versucht hatte, mich gegen meinen Willen zu küssen. Und irgendwann war ich dann furchtbar wütend geworden.

Aber der Rest der Szene war aus meiner Erinnerung verschwunden.

„Es passt zusammen", murmelte ich mit schwacher, lebloser Stimme vor mich hin. „Es passt alles zusammen."

Ich war die Einzige, die das Gedächtnis verloren hatte.

Und dann hatte ich begonnen, Sean zu zeichnen. Jedes Mal, wenn ich zum Stift griff, zeichnete ich immer nur sein Gesicht.

Wegen meiner tief verborgenen Schuldgefühle.

Mein Unterbewusstsein hatte mir klarmachen wollen, dass ich ihn ermordet hatte.

Ich wich ein Stück vor der Tasche zurück.

Das war zu viel. Ich hatte das Gefühl, ich würde gleich ohnmächtig werden. In meinem Kopf drehte sich alles, und meine Knie gaben nach.

Da hörte ich Adrianas Schritte auf der Treppe.

Und in diesem Moment kam mir ein anderer schrecklicher Gedanke: *Wissen es etwa alle?*

„Wissen die anderen, dass ich ihn getötet habe?", fragte ich mich, von eisigem Entsetzen gepackt. „Oder haben sie mich zumindest in Verdacht?"

Waren meine Freunde deswegen ständig um mich herumgeschlichen? Hatten sie mich deswegen die ganze Zeit mit Samthandschuhen angefasst?

War das der Grund, warum Aaron mich verlassen hatte?

Weil er es wusste? Weil alle wussten, dass ich eine *Mörderin* war?

Wenn ich mich doch bloß erinnern könnte, warum ich Sean getötet hatte …

„Martha!" Adriana platzte ins Zimmer. Sie wollte mich in die Arme schließen, aber ich wich zurück.

„Ich kenne die Wahrheit!", stieß ich hervor und brach in Tränen aus.

Adriana ging einen Schritt auf mich zu und versuchte wieder, mich zu umarmen. Diesmal wich ich ihr nicht aus. „Martha, was redest du denn da?", flüsterte sie. „Es ist doch alles wieder in Ordnung. Hörst du mich!"

„Nichts ist in Ordnung", kreischte ich und riss mich los. Hektisch wischte ich mir mit beiden Händen über die Wangen.

„Ich kenne die Wahrheit!", wiederholte ich. „Nichts ist in Ordnung!"

Ich bemerkte die plötzliche Verwirrung in Adrianas Gesicht. Sie zupfte nervös an einer ihrer Haarsträhnen herum und sah mich mit zusammengekniffenen Augen ganz seltsam an.

„Sie weiß es nicht!", wurde mir plötzlich klar.

„Sieh doch!" Meine Worte klangen wie ein verzweifelter Schrei. Ich ließ mich neben der Segeltuchtasche auf die Knie fallen und zog sie so weit auf, dass Adriana hineinschauen konnte.

Während sie in die Tasche blickte, zerrte sie weiter nervös an ihren Haaren. „Nein", flüsterte sie. „Nein!"

„Es ist der Draht", erklärte ich ihr unnötigerweise. „Der übrig gebliebene Draht und die Drahtschere."

„Aber Martha …"

„Ich habe Sean getötet", sagte ich mit leiser, tonloser Stimme. „Das ist der Beweis."

„Aber warum …?", fragte Adriana fassungslos und klammerte sich an ihr Haar wie an einen Rettungsring.

„Ich weiß es nicht", antwortete ich. „Ich kann mich nicht daran erinnern. Aber das ist der Beweis. Offenbar habe ich ihn umgebracht und dann den Rest des Drahts aufgerollt und hier versteckt."

Adriana blickte noch einmal in die Tasche. Dann schloss sie die Augen, und ich sah, dass sie am ganzen Körper zitterte. „Was wirst du jetzt tun?", fragte sie.

„Es meinen Eltern erzählen", antwortete ich. „Ich denke, sie werden mich dann zur Polizei bringen."

Meine Worte ließen Adriana zurückzucken. Sie setzte sich auf mein Bett und hob die Hände. „Aber *warum*, Martha? *Warum* hast du ihn getötet?"

„Ich kann mich nicht erinnern", sagte ich und schüttelte den Kopf. Mühsam versuchte ich, die Tränen zurückzuhalten.

„Ich habe gesehen, wie ihr miteinander gekämpft habt", meinte Adriana. „An dem Abend in der Hütte. Du und Sean, ihr hattet euch ins Hinterzimmer zurückgezogen. Als ich vorbeiging, habe ich mitbekommen, dass ihr euch geschubst und angebrüllt habt. Worum ging es denn eigentlich bei eurem Streit?"

Ich zuckte mit den Achseln. „Ich weiß es nicht mehr genau. Auf jeden Fall hat er mich gegen meinen Willen geküsst, und das hat mich furchtbar wütend gemacht. Ich habe ihn weggestoßen, und auf einmal haben wir miteinander gekämpft. Und dann ..." Mir versagte die Stimme.

Ich holte tief Luft. „Das Einzige, was ich mit Sicherheit weiß, ist, dass ich eine Mörderin bin."

„Nein, das bist du nicht!"

Plötzlich ertönte eine andere Stimme in meinem Zimmer.

Die Stimme eines Jungen.

Als ich erschrocken herumfuhr, sah ich Ivan, der gerade mit großen Schritten durch die Tür kam. Sein schwarzes Haar war völlig zerzaust, und in seinen Augen lag ein wilder Blick.

„Ivan!", schrie Adriana auf und fuhr vom Bett hoch. „Wo kommst du denn her? Was willst du hier?"

„Ich bin dir gefolgt", sagte er zu seiner Schwester. „Marthas Eltern haben mich reingelassen, bevor sie gegangen sind."

„Und was willst du?", wiederholte Adriana mit schriller Stimme. „Martha und ich müssen miteinander reden. Es passt uns jetzt überhaupt nicht, dass du ..."

Ivan brachte sie mit einer energischen Handbewegung zum Schweigen.

Seine Augen glühten aufgeregt, als er sich zu mir umwandte.

Ich fragte mich, ob er getrunken hatte und sich deshalb so merkwürdig verhielt.

Warum war er Adriana gefolgt?

Was wollte er hier?

„Ich … ich habe gehört, was du gesagt hast, Martha", stammelte er und sah mich mit seinen dunklen Augen eindringlich an. „Du liegst völlig falsch. Du bist keine Mörderin!"

„Was?" Geschockt schnappte ich nach Luft. „Ivan – was meinst du damit? Warum sagst du das?"

Seine Brust hob und senkte sich in keuchenden Atemzügen. Trotz der Kälte des Abends war seine Stirn schweißnass.

„Ich weiß, dass du keine Mörderin bist, Martha", wiederholte er. „Weil ich es war. Ich habe Sean umgebracht."

23

„Nein!"

Adriana stieß einen lauten Schrei aus und stürmte quer durch den Raum. Sie nahm Ivan bei den Schultern und begann, ihn wild zu schütteln.

„Warum sagst du so was? Warum?"

Ivan schleuderte sie mühelos beiseite, und Adriana krachte gegen meinen Toilettentisch – das hübsche Gesicht vor Überraschung und Furcht verzerrt.

„Du bist kein Mörder!", schrie sie ihren Bruder an.

„Doch!", beharrte er. „Ich habe es getan, Adriana. Mir bleibt keine andere Wahl – ich muss jetzt endlich die Wahrheit sagen. Ich kann nicht zulassen, dass Martha denkt, sie hätte Sean getötet."

Adriana stieß ein unterdrücktes Keuchen aus. Sie hatte schon den Mund geöffnet, um zu protestieren, überlegte es sich dann aber anders. Ich sah, wie ihre Schultern zusammensackten und alle Farbe aus ihrem Gesicht wich.

Ivan setzte sich auf meine Schreibtischkante und fuhr sich mit der Hand nervös über das Bärtchen unter seinem Kinn. Dann sah er mich an. „Du sollst nicht glauben, du hättest ihn umgebracht", sagte er leise.

„Ich … ich …", stotterte ich. Mir fehlten einfach die Worte. Ich warf einen schnellen Seitenblick auf die Reisetasche, die kurz zuvor ihr schreckliches Geheimnis enthüllt hatte.

Ab jetzt würde mein Leben nie wieder so sein wie vorher.

Aber das galt auch für die anderen.

„Warum hast du Sean getötet?", fragte ich Ivan ganz ruhig.

„Er hatte herausgefunden, dass ich ein Auto geklaut hatte", erklärte Ivan. „Ich hatte es gestohlen und dann auch noch zu Schrott gefahren. Danach war ich weggelaufen, und sie hatten mich nicht erwischt."

„Das glaube ich einfach nicht", murmelte Adriana kopfschüttelnd und ließ sich langsam auf den Boden nieder.

„Aber dann habe ich einen furchtbaren Fehler gemacht", fuhr Ivan fort. „Ich habe Sean davon erzählt, weil ich dachte, er wäre mein Freund. Ich musste es mir einfach von der Seele reden. Ich ... ich war so durcheinander und erschrocken, dass ich die ganze Sache nicht für mich behalten konnte. Aber ich hätte es ihm nie verraten dürfen."

Er senkte den Kopf und schloss gequält die Augen. Das schwarze Haar fiel ihm in die Stirn.

„Was ist passiert?", fragte ich sanft.

Ivan seufzte. „Sean hat angefangen, mich zu erpressen. Er hat gedroht, mich bei der Polizei zu verpfeifen, wenn ich ihm kein Geld gäbe."

„Und – hast du es getan?", fragte Adriana.

Ivan nickte. „Was hatte ich denn schon für eine Wahl? Wenn rausgekommen wäre, dass ich den Wagen gestohlen hatte, wäre ich geliefert gewesen. Das hätte mir das ganze Leben versaut. Also habe ich Sean das Geld gegeben, das er von mir verlangt hat. Aber es gab da ein Problem ..." Er brach ab und rieb sich die Augen.

„Was für ein Problem?", hakte ich nach.

„Sean wollte immer mehr. Er war nie zufrieden mit dem, was er bekam. Ich ..." Ivan versagte die Stimme.

Er atmete tief durch und setzte noch einmal an. „Ein paar Mal musste ich sogar stehlen, um das Geld für ihn zusammenzubekommen. Irgendwann wurde mir klar, dass etwas geschehen musste. Ich konnte nicht ewig für sein Schweigen bezahlen."

Adriana, die auf dem Boden kauerte, schnaubte empört, sagte aber nichts.

„Hast du denn nicht versucht, mit Sean zu reden?", fragte ich. „Ihn davon zu überzeugen, dass es so nicht weitergehen konnte?"

Ivan nickte. „Kurz bevor wir zu den Hütten aufgebrochen sind, hatte ich ein Gespräch mit ihm."

„Und wie hat er reagiert?"

Ein bitteres Lächeln huschte über Ivans Gesicht. „Sean hat mich ausgelacht. Er meinte, ich müsse weiter bezahlen, oder er würde alles meinem Vater erzählen." Das Lächeln verschwand. „Und da bin ich ausgerastet und habe den Entschluss gefasst."

„Ivan …", setzte Adriana an.

Wieder schnitt er ihr mit einer ungeduldigen Bewegung das Wort ab. Er hielt seinen Blick unverwandt auf mich gerichtet.

„Als wir dann auf der Hütte waren, habe ich durch Zufall eine Spule mit Draht im Schuppen gefunden. Und das hat mich auf die Idee gebracht. Als ihr alle geschlafen habt, bin ich rausgeschlichen und habe den Draht zwischen den Bäumen befestigt."

Ivan seufzte. „Ich war mir absolut sicher, dass Sean als Erster fahren würde. Er musste immer bei allem der Erste sein."

Traurig schüttelte er den Kopf. „Wenn ich doch bloß geahnt hätte, was er für einen miesen Charakter hatte, als ich ihn kennenlernte. Aber er schien ein richtig toller Typ zu sein. Alle mochten ihn. Ganz zu Anfang wollte ich sogar so werden wie er. Erst als es zu spät war, habe ich gemerkt, was für ein Mistkerl er ist."

142

„Und da hast du beschlossen, ihn *umzubringen*?", fragte ich.

„Nein! Das wollte ich nicht!", protestierte Ivan. „Ich hatte den silbernen Draht ganz dicht am Boden gespannt – ungefähr in Knöchelhöhe. Sean sollte nur hinfallen und sich lächerlich machen. Nach meiner Planung hätte die Skibindung aufgehen müssen, sodass er sich höchstens ein paar blaue Flecken geholt hätte."

Ivan stieß einen leisen, gequälten Schrei aus. „Ich weiß, dass ich nicht richtig über die Sache nachgedacht habe. Als ich den Draht befestigte, war ich total durcheinander und halb verrückt vor Sorgen. Ich hatte Angst, dass Sean mich verpfeifen und mein ganzes Leben ruinieren würde."

Ivan erhob sich und ging zum Fenster. Er legte die Hände auf den Rahmen und blickte hinaus in die kalte, blaue Nacht.

„Ich wollte ihm doch nur einen Schrecken einjagen", fuhr er fort. „Ihr wisst schon – ihn ein bisschen einschüchtern. Ich habe keine Ahnung, was in der Nacht passiert ist, aber ich nehme an, dass der Wind ziemlich viel Schnee weggeweht hat. Deswegen war der Draht am nächsten Tag viel höher gespannt."

Wieder stieß Ivan einen gequälten Laut aus. „Ich habe es erst zu spät bemerkt. Als es mir auffiel, war Sean schon losgefahren. Und dann ist er gestürzt und hat sich das Genick gebrochen …" Seine Stimme wurde immer leiser, bis er schließlich ganz verstummte. Er schluckte.

Adriana sprang auf. Ihre Augen waren gerötet, und ihr Gesicht war vor Empörung verzerrt.

„Ich werde jetzt die Polizei anrufen", verkündete Ivan und wollte zum Telefon gehen, das auf meinem Schreibtisch stand.

143

„Nein!", protestierte Adriana und vertrat ihm den Weg. „Ivan, nun hör mir doch endlich mal zu …"

„Ich halte diese Schuldgefühle nicht länger aus", wandte er sich wieder an mich. „Und du sollst nicht denken, du wärst für Seans Tod verantwortlich. Ich hätte mich schon vor Monaten der Polizei stellen sollen."

Er schob Adriana beiseite und griff nach dem Telefon.

Seine Schwester riss ihm den Hörer aus der Hand. „Du Idiot!", brüllte sie ihn an. „Du blöder Idiot!"

Ivan versuchte, ihr das Telefon wegzunehmen, aber sie war schneller und hielt es so, dass er es nicht erreichen konnte.

„Gib es mir!", rief Ivan drohend.

„Aber du bist nicht der Mörder, du Idiot!", kreischte Adriana mit schriller Stimme.

Sie zeigte auf mich und rief laut, vor Wut am ganzen Körper zitternd: „Martha hat ihn umgebracht! Ich weiß genau, dass sie es war!"

24

Ihre Worte trafen mich wie Messerstiche.

Warum beschuldigte sie mich des Mordes?

Kannte sie als Einzige die Wahrheit? War ich etwa doch eine Mörderin?

Und wenn es so war, warum hatte Ivan dann gestanden? Warum behauptete er, er hätte es getan?

Mit einem wütenden Knurren griff er nach dem Telefon und versuchte wieder, es Adriana aus der Hand zu winden.

Doch sie wirbelte herum und presste es mit aller Kraft an sich.

„Warum tust du das?", schrie sie ihren Bruder an. „Warum machst du alles kaputt?"

Während ich hilflos zusehen musste, wie die beiden miteinander rangen, fragte ich mich, was sie damit wohl gemeint hatte.

„Warum machst du alles kaputt?", rief Adriana noch einmal. „Ich habe mir so viel Mühe gegeben, und du zerstörst alles!"

Erschrocken schnappte sie nach Luft.

Mit offenem Mund und aufgerissenen Augen fuhr sie zu mir herum.

Ihr Gesicht lief knallrot an.

In diesem Moment wurde mir klar, dass sie sich versprochen hatte. In ihrer Wut hatte sie mehr verraten, als sie wollte.

Doch bevor ich reagieren konnte, hatte Ivan seine Schwester bei den Schultern gepackt. Das Telefon fiel ihr aus der Hand und landete klappernd auf dem Boden.

„Was hast du damit gemeint?", fuhr er sie an. „Raus damit!"

„Ivan, bitte …!", protestierte Adriana.

Er drängte sie gegen die Wand und hielt ihre Arme zu beiden Seiten ihres Körpers fest. „Na los! Sag's mir!"

Einen kurzen Moment versuchte Adriana, sich zu befreien, doch dann schien sie mit einem Mal alle Kraft zu verlassen, und ein resignierter Ausdruck trat in ihre Augen.

„Ivan, bitte mach nicht alles kaputt", flehte sie ihn an. Aber ich hatte das Gefühl, dass sie schon aufgegeben hatte. Ihre Stimme war nur noch ein raues Flüstern und so schwach, dass ich sie kaum verstehen konnte. „Tu's nicht! Tu's nicht!", wiederholte sie leise immer wieder in einem unheimlichen Singsang.

Doch dann stieß sie unvermittelt einen wütenden Schrei aus. „Ich hatte alles so gut geplant!", zischte sie hasserfüllt. „Und du machst es einfach kaputt. Ihr beide macht es kaputt."

„Jetzt sag endlich, was du damit meinst!", rief Ivan drohend und presste sie gegen die Wand. „Willst du etwa behaupten, dass ich Sean gar nicht getötet habe?"

Traurig schüttelte sie den Kopf. Doch als sie ihren Blick auf mich richtete, sah ich blanken Hass in ihren Augen. „Sean sollte doch gar nicht sterben!", schrie sie auf und zeigte mit zitterndem Finger auf mich.

„*Du* solltest sterben, Martha! Aber du hast mir einen Strich durch die Rechnung gemacht!"

25

„Adriana – was sagst du denn da?", rief ich geschockt.

Voller Wut starrte sie mich an, die dunklen Augen zu schmalen Schlitzen zusammengekniffen.

Anklagend zeigte sie mit dem Finger auf mich, als hätte ich ein Verbrechen begangen. „Warum hast du so lange gebraucht, Martha?"

Ich starrte sie verständnislos an. Was sollte ich darauf antworten?

„Du solltest als Erste fahren", schrie sie mit gellender Stimme. Ihre Augen funkelten und hatten sich mit Tränen der Wut gefüllt. „Ich hatte dir doch gesagt, dass du den Anfang machen solltest. Der Draht war für *dich* gespannt!"

Entsetzt schnappte ich nach Luft und glaubte im ersten Moment, ich hätte mich verhört.

„*Ich* habe den Draht höher angebracht", sagte Adriana in höhnischem Ton. „Ich habe ihn durch Zufall entdeckt, und als alle schliefen, bin ich nach draußen geschlichen und habe ihn neu gespannt. Für dich, Martha. Für *dich*!"

Endlich ließ sie die Hand sinken und schlang die Arme um ihren Körper. „Nicht für Sean. Nicht für Sean. Nicht für Sean." Sie war wieder in diesen unheimlichen, monotonen Singsang verfallen und wiegte sich dabei rhythmisch hin und her.

Ivan schaute seine Schwester benommen an. Er hatte die Hände zu Fäusten geballt und die Arme angewinkelt. „Die ganze Zeit habe ich gedacht, *ich* wäre der Mörder", murmelte er mit zitternder Stimme vor sich hin. „All diese Monate habe ich geglaubt, ich hätte Sean umgebracht."

Mir wurde auf einmal ganz schwindelig. Ich hatte das Gefühl, als wären Adrianas grausame Worte in meinen Kopf eingedrungen und wirbelten nun wild darin umher. Um das Schwindelgefühl zu vertreiben, rieb ich mir die Schläfen.

„Aber warum ...?", gelang es mir schließlich hervorzustoßen. „Ich verstehe dich nicht, Adriana. Ich bin doch deine Freundin. Weshalb wolltest du mich denn umbringen?"

Ihre dunklen Augen sprühten förmlich Funken. „Wegen Sean!"

„Wegen Sean?", wiederholte ich völlig verständnislos. „Was hat er denn damit zu tun?"

„Ich habe ihn zuerst kennengelernt!", schrie Adriana und schüttelte wütend ihre Fäuste. „Ivan hat ihn mit zu uns nach Hause gebracht, und vom ersten Augenblick an war da etwas ganz Besonderes zwischen uns. Ich ... ich hab's genau gespürt."

„Aber Adriana ...", begann ich.

„Sean hat es nicht sofort gemerkt." Sie redete einfach weiter, ohne auf mich zu achten. „Das glaube ich jedenfalls. Aber ich habe es ganz deutlich gefühlt. Es war eine Art von Nähe, wie ich sie vorher noch nie erlebt hatte."

Ein hässliches Grinsen huschte über ihr Gesicht. „Er war gar nicht in Laura verliebt. Das hat sie sich nur eingebildet. Laura denkt doch sowieso, dass jeder Junge verrückt nach ihr ist. Aber Sean hatte überhaupt kein Interesse an ihr. *Er wusste, dass er zu mir gehörte!*"

Die letzten Worte hatte Adriana aus voller Kehle gebrüllt.

Erschrocken stolperte ich einen Schritt zurück.

„Sie ist verrückt", wurde mir mit einem Mal klar.

Arme Adriana! Sie hatte offenbar völlig den Kontakt zur Realität verloren und konnte nicht mehr klar denken.

Natürlich hatte ich gewusst, dass es ihr in der letzten Zeit nicht gut gegangen war. Sie hatte mir schließlich von ihren schlimmen Schlafstörungen und den Problemen in der Schule erzählt.

Aber ich hatte ja nicht geahnt, was wirklich mit ihr los war.

„Starr mich nicht so an!", kreischte sie drohend. „Sonst kratze ich dir die Augen aus. Ich warne dich! Ich tu's wirklich!"

Ivan trat einen Schritt vor. Ich sah, wie sich seine Muskeln anspannten, um seine Schwester zurückzuhalten.

„Ich ... ich verstehe dich nicht", stotterte ich. „Was habe ich denn getan, dass du so wütend auf mich bist?"

„Ich habe genau gesehen, wie du Sean geküsst hast!", schrie sie gellend. Ihre Brust hob und senkte sich unter ihren keuchenden Atemzügen.

„Nein!", protestierte ich. „Das stimmt so nicht, Adriana. Ich ..."

„Lüg nicht! Ich habe es doch ganz deutlich gesehen, Martha. Du hattest dich mit ihm ins Hinterzimmer der Hütte verzogen. Als ich dich dabei beobachtete, wie du ihn geküsst hast, ist etwas in mir zerbrochen."

Sie schüttelte mit bitterem Gesicht den Kopf. „In diesem Augenblick wusste ich, dass ich dich töten musste. Du hattest Aaron. Und du hattest eine nette Familie. Nicht wie meine Eltern, die sich ständig an die Kehle gingen. Du ... du hattest einfach alles!", schrie sie. „Warum wolltest du auch noch Sean? Warum konntest du mir nicht auch etwas übrig lassen?"

Endlich wurde mir klar, worum es ging. Das letzte fehlende Stück meiner Erinnerung kehrte schlagartig zurück. Das Ganze war ein riesiges Missverständnis.

„Aber ich wollte doch gar nicht, dass Sean mich küsst",

versuchte ich Adriana zu erklären. „Er hat mich ins Hinterzimmer gezogen und gesagt, er müsse mir etwas furchtbar Wichtiges erzählen. Und dann hat er mich einfach gezwungen, ihn zu küssen. Ich habe ihn doch weggestoßen, Adriana! Ich wollte überhaupt nichts von ihm ... ganz im Gegenteil!"

„Du hast nur so getan, als würdest du dich wehren!", warf sie mir vor.

„Nein!"

Ein bitteres Lächeln spielte um Adrianas Mundwinkel. „Ich habe dich doch gesehen, Martha. Du hast nur *vorgegeben*, dass du Sean wegstoßen würdest, damit Aaron nicht sauer sein konnte. Aber in Wirklichkeit wolltest du *beide* Jungen für dich!"

„Das stimmt nicht!", schrie ich. „Du hattest damals unrecht – und du hast jetzt unrecht!"

Aber Adriana schien mich gar nicht mehr zu hören. Sie starrte mich immer noch mit diesem seltsamen, bedrohlichen Lächeln im Gesicht an.

„Deinetwegen ist er gestorben", stieß sie hervor und senkte dann den Blick. „Es ist alles deine Schuld. Ich wollte schreien, als er losfuhr. Wollte ihn aufhalten. Aber es war zu spät. Ich habe Sean verloren. Den einzigen Jungen, an dem mir jemals etwas gelegen hat. Und du bist schuld daran!"

„Adriana ..." Ivan wollte nach ihr greifen, aber sie wich ihm aus.

„Aber du konntest dich an nichts erinnern. Da wurde mir klar, dass das meine große Chance war, mein Verbrechen zu vertuschen."

Mir stockte der Atem. „Was meinst du damit?"

„Ich habe eine neue Rolle Draht gekauft und sie in deiner Tasche versteckt", gab Adriana zu. „Ich wusste, dass du irgendwann von Seans Tod erfahren würdest. Du solltest denken, du hättest ihn umgebracht. Natürlich wollte ich verhindern, dass du dein Gedächtnis wiederfindest. Deswegen habe ich dich immer wieder beruhigt. Einmal, vor der Sporthalle, habe ich sogar versucht, dich zu hypnotisieren. Ich dachte, du würdest dich dann entspannen, so wie ich, wenn Dr Corben mich in Trance versetzte."

„Du hast was?", quietschte ich und starrte sie ungläubig an.

Auch Ivan stand mit offenem Mund da.

„Ich glaub's einfach nicht", murmelte ich fassungslos. „Dann hast du mir auch diese gemeine Nachricht aufs Band gesprochen, nicht wahr?"

„Ich wollte, dass du dich schuldig fühlst", erklärte Adriana boshaft. „Es sollte dir richtig schlecht gehen. Du solltest glauben, du wärst Seans Mörderin." Das irre Lächeln verschwand langsam.

„Aber dann fingst du an, in der Vergangenheit zu kramen und hast plötzlich immer wieder Seans Bild gezeichnet", murmelte sie mit gesenktem Kopf. „Offenbar hat dir dabei dein Unterbewusstsein die Hand geführt. Deine verschütteten Erinnerungen wollten wohl unbedingt an die Oberfläche steigen."

Sie kniff die Augen zu schmalen Schlitzen zusammen und sah mich finster an. Dann stieß sie plötzlich einen Schrei voller Wut und Schmerz aus.

„Sean ist deinetwegen gestorben, Martha. Ich kann nicht zulassen, dass du dein perfektes Leben weiterlebst, als wäre nichts geschehen!"

Und bevor ich mich rühren konnte, war Adriana hinüber zu meiner Reisetasche gehechtet und hatte den Draht hervorgezogen.

Ivan stürzte sich auf seine Schwester, um sie aufzuhalten.

Doch sie wirbelte herum, riss das Knie hoch und traf ihn mit voller Wucht in den Magen.

Ivan klappte mit einem Aufschrei zusammen. In sich gekrümmt blieb er auf dem Boden liegen und stöhnte vor Schmerz.

„Adriana – nein!" Ich versuchte zu schreien, aber meine Stimme war nur ein schwaches Krächzen.

Ich wich zurück, doch es war zu spät.

Adriana erwischte mich am Arm und wirbelte mich herum.

Ihre Augen glühten vor Hass.

Und bevor ich aufschreien konnte, hatte sie den silbernen Draht um meinen Hals geschlungen und zog ihn immer fester zusammen.

Ich spürte, wie er mir in die Haut schnitt.

Ich bekam keine Luft mehr.

Konnte nicht mehr atmen.

26

Adriana zog den Draht fester und fester zu.

Ich hob die Hände, um sie abzuwehren.

Aber meine Kräfte begannen bereits, mich zu verlassen. Ich hatte keine Chance gegen Adriana.

Noch einmal machte ich einen schwachen Versuch, nach ihr zu greifen. Dabei stolperte ich und fiel mit meinem ganzen Gewicht gegen sie.

Wir krachten mit solcher Wucht gegen meinen Schreibtisch, dass die Bücher und Papiere darauf sich im ganzen Zimmer verteilten.

Ich wand mich in ihrem unbarmherzigen Griff und versuchte, mich loszureißen.

Aber es gelang mir nicht, ihr zu entkommen.

Und Ivan lag immer noch zusammengekrümmt und vor Schmerzen stöhnend auf dem Boden.

Ein letzter erstickter Schrei entstieg meiner Kehle.

Ich wurde immer schwächer.

Als ich die Augen schloss, sah ich um mich herum nur noch Weiß. Ein unglaublich reines, klares Weiß.

Doch was war das für ein merkwürdiges Geräusch?

Es klang wie ein gequältes Schnaufen.

Ich atmete!

Es war das Geräusch meines eigenen Atems.

Gierig sog ich die Luft in meine Lungen.

Offenbar hatte der silberne Draht sich plötzlich gelockert.

Doch was war mit Adriana geschehen? Weshalb hatte sie aufgehört, mich zu würgen? Warum lebte ich noch?

Ich versuchte, wieder klar zu sehen. Aber das strahlende Weiß verschwand nur langsam.

Ich machte noch einen tiefen Atemzug.

Wo war Adriana?

Sie stand reglos da und starrte auf die Schreibtischplatte. Ihre Hände hingen kraftlos an den Seiten herab.

Ich blinzelte. Ich wollte unbedingt wissen, was sie dort so faszinierte.

Endlich klärte sich mein Blick. Und dann sah ich das Gesicht.

Seans Gesicht. Meine Zeichnung von ihm, die bei unserem Zusammenprall aus dem Block gerutscht war.

Adriana starrte das Porträt wie hypnotisiert an.

„Adriana?"

Sie bewegte sich nicht. Blinzelte nicht. Sie schien nicht mal mehr zu *atmen*. Reglos fixierte sie meine Skizze. Und Sean schien ihren Blick zu erwidern.

Und so schauten sie einander in die Augen – Adriana und der tote Junge, den sie geliebt hatte.

Ivan hatte sich wieder aufgerappelt und trat von hinten an seine Schwester heran. Zuerst nahm er ihr den Draht ab und hielt dann ihre Handgelenke fest.

Doch Adriana rührte sich immer noch nicht.

„Hol Hilfe!", sagte Ivan leise zu mir.

Ich wandte mich ab und rieb mir den schmerzenden Hals. „Das werde ich tun", dachte ich. „Ich werde die Polizei anrufen. Die werden wissen, wie wir Adriana am besten helfen können."

Der Albtraum war endlich vorbei.

Als ich in mein Zimmer zurückkam, trat ich zu Ivan und fiel ihm in die Arme. Wir hielten uns ganz fest.

Adriana hatte sich noch immer nicht bewegt.

Ohne zu blinzeln, starrte sie das Porträt an.

Hypnotisiert von dem Gesicht, über das ich mir immer wieder den Kopf zerbrochen und das mich so lange mit Angst erfüllt hatte.

Seans Gesicht, dem ich nun mein Leben verdankte.

Über den Autor

„Woher nehmen Sie Ihre Ideen?"
Diese Frage bekommt R. L. Stine besonders oft
zu hören. „Ich weiß nicht, wo meine Ideen herkommen",
sagt der Erfinder der Reihen *Fear Street*
und *Fear Street Geisterstunde*. „Aber ich weiß,
dass ich noch viel mehr unheimliche Geschichten
im Kopf habe, und ich kann es kaum erwarten,
sie niederzuschreiben."
Bisher hat er mehrere Hundert Kriminalromane
und Thriller für Jugendliche geschrieben, die
in den USA alle Bestseller sind.
R. L. Stine wuchs in Columbo, Ohio, auf.
Heute lebt er mit seiner Frau Jane und seinem Sohn Matt
unweit des Central Parks in New York.

R. L. STINE

FEAR STREET

- Ahnungslos
- Der Angeber
- Der Aufreißer
- Der Augenzeuge
- Ausgelöscht
- Besessen
- Eifersucht
- Eingeschlossen
- Die Falle
- Falsch verbunden
- Das Geständnis

- Jagdfieber
- Mondsüchtig
- Mörderische Krallen
- Mörderische Verabredung
- Die Mutprobe
- Prüfungsangst
- Rachsüchtig
- Risiko
- Schuldig
- Schulschluss
- Das Skalpell

- Die Stiefschwester
- Der Sturm
- Teufelskreis
- Die Todesklippe
- Tödliche Liebschaften
- Tödlicher Beweis
- Die Tramperin
- Das Verhängnis
- Im Visier
- Die Wette